Gaea

Gaea

The Immortal Gene
月與火犬
9 聖戰揭幕
星子 teensy——著
Izumi ——插畫

月與火犬

目錄

CH01 親兵

「小狄、小狄，有進展了嗎？」傑克攀在狄念祖肩上，壓低聲音詢問。

「沒。」狄念祖搖搖頭，沒好氣地答。

「這樣拖下去不是辦法，時間一天天過去，我們的人等不了那麼久，但是如果他們貿然進來，太危險了……」傑克攀在狄念祖肩上唉聲嘆氣，根據田綾香捎來的消息，康諾博士一方的人馬一直暗中監視著田綾香等人的行動，他們得知計畫生變，康諾和田綾香等人都落入第五研究部手中，必然也會在適當的時機採取救援行動。

按照時間推算，此時或許已經來到第五研究本部外圍待命了，隨時都有可能攻入，然而第五研究本部佔地遼闊，田綾香、康諾、狄念祖、月光等分散各處，就算康諾一方的人馬能夠突破重圍，攻入本部，也不知從何救起。

這些天來，狄念祖和傑克絞盡腦汁，試圖聯繫上這批人馬，但由於溫妮始終忌憚他的駭客能力，供他使用的筆電經過客製改裝，沒有無線網路功能，且規定他僅能透過管理室的網路線在特定時間連接上網，且通過這條專線傳輸的網路封包都由一支特別小組專責監控，這支小組同時也負責協助狄念祖共同破解袁唯包圍網。

倘若狄念祖想擺脫這支監控小組的監視，在不讓溫妮察覺的情況之下聯繫上康諾的人馬，便得先駭入監控小組的電腦，使其喪失部分監視功能。

但這支監控小組正是溫妮因應狄念祖電腦破壞力而下令結成，在這一點上自然有所防備。

狄念祖偶爾會在入侵袁唯包圍網的過程中，連接一些不相關的網站，有時看看時事新聞、有時逛逛成人網站，自然，這些舉動都在溫妮的監控之下，他刻意試探溫妮和監控小組的底線，甚至和小組其中兩、三名組員透過通訊軟體聊些生活瑣事，企圖降低他們的戒心。

但斐姊治下嚴厲，小組成員儘管對狄念祖禮數有加，但總會適時擺出一副「狄先生，你的意圖我們心裡有數，別亂來喔。」的姿態，讓狄念祖不敢輕舉妄動。

「小狄，吉米來了。」傑克伸長了脖子，望著遠處走來的那些人。

「他媽的，我跟他還眞是有緣。」狄念祖翻了翻白眼，他本半躺半坐地窩在管理室門外一張躺椅上操作著筆記型電腦，聽傑克這麼說，抬頭望了前方一眼，見到遠遠走來的吉米，不禁垮下臉暗罵幾聲，闔上電腦，站了起來，扠著手抖著腳像個小流氓似地斜眼瞪著吉米。

吉米見了狄念祖，似乎也有些驚訝，轉頭向帶他前來的那女祕書問了幾句。

「他也是袁老闆的親衛隊成員之一。」那女祕書這麼說。「目前負責看守這間管理室。」

「……」狄念祖聽女祕書向吉米這麼介紹自己，臉色更難看了，他和月光同樣被編列進大堂哥的親衛隊名單裡，但月光被安排擔任大堂哥的近身侍衛，與斐霏同進同出，隨侍在大堂哥身邊，斐霏甚至在自宅內安排了一間空房讓月光居住，狄念祖只能和傑克、糨糊與石頭駐守在斐家寓所外的管理室裡，充當起大樓管理員；所幸這管理室設備尚佳，有獨立的衛浴設備和半坪大的小隔間，可供狄念祖入夜之後當作臥房睡覺。

三天下來，狄念祖平時便透過管理室的電腦設備向溫妮回報消息、入侵袁唯陣營的包圍網、破解「火犬獵人」等等。

「妳的意思……」吉米怯怯地開口，聲音沙啞難聽。「以後……我和狄先生……是工作同仁？」

「是的。」女祕書點點頭。

「哦——」吉米望了狄念祖一眼，勉強擠出笑容，伸出手，像是要和狄念祖握手。

「哼哼。」狄念祖本便對吉米深惡痛絕，壓根不想和他握手，但越見他的臉，心中的怒氣便更難壓抑，反而伸出手來，和吉米握了握。

「哇——」吉米怪叫一聲，只感到狄念祖幾乎要將自己的手握斷，想將手抽回，卻抽不回來，狄念祖的右手像是大鉗子般緊緊箍住吉米的手。

「哎呀，糟糕？」狄念祖呀呀叫了兩聲，用左手拔著右手，說：「我的手突然抽筋，上膛了打不開，怎麼辦呀？」

「狄……狄狄……」吉米哀號著，痛得渾身顫抖起來，用左手試圖扳開狄念祖的五指，他的左手缺了小指，是在奈落時被斐姊下令「沒收」的。

「你做什麼？」那女祕書見狀，連忙出聲喝止。

狄念祖也不糾纏，鬆開了手輕輕甩著，坐回躺椅，懶洋洋地說：「我測試看看這傢伙有沒有不軌的意圖嘛，我是看門的，本來就有責任保護袁老闆的安全啊……」

那女祕書沒多說什麼，快步領著吉米上樓。

狄念祖見了吉米，便也沒心情再盯著電腦，時而起身揮揮拳，又毛躁地坐下，突然見到遠遠地又來了一批車隊，走下一批批人。

「小狄！」傑克喵嗚一聲，說：「那……那女人不是……」

只見帶頭那女人身材高挑，一身樸素的病服裝扮，身旁還跟著兩個個頭差不多高的小童，那是聖美。

聖美遠遠見到了狄念祖，也和吉米一樣露出了訝然的神情。她在奈落時，接受袁唯的指示，測試狄念祖的戰鬥能力，受了不輕的傷之後，便在黑雨機構接受治療；直到黑雨機構被斐家攻陷，聖美便連同黑雨機構裡那些實驗品、人員一齊又轉移至了奈落。

聖美身後，跟著一群模樣強悍古怪的傢伙，那是三號禁區威坎一方的人馬，當時三號禁區一戰，狄念祖並未與麥二等人同行，因此威坎那方的人馬他大都沒有見過，僅認出當中那個叫作「古奇」的白髮少年，那時古奇受了威坎指示在麥二陣營裡臥底，企圖迷昏麻子婆等人之後劫走果果，卻被狄念祖破壞了計畫，還被他一拳擊昏。

然則那時狄念祖一身長毛，古奇此時見了狄念祖，也壓根不認得他。

在古奇身後那高大漢子模樣最是奇特，那漢子有著人類上身，但下半身卻是獸身，狀如半人馬，那是在三號禁區內戰之中和麥二捉對獨鬥的猛將大和。

大和身旁有個傴僂老人，正是三號禁區與麥二敵對的威坎，威坎拄著一把模樣古怪的拐杖，緩緩跟著隊伍，並不多言。

在威坎之後，還有幾十個模樣奇特的傢伙，大都是三號禁區內戰中與威坎站在同一陣線的夥伴們。

狄念祖的視線越過那些他不認識的傢伙，停在隊伍中那個削瘦女子身上。

他站了起來，雙眼瞪得極大。

「貓兒——」狄念祖大喊。

貓兒轉過頭，望著狄念祖，神情也有些詫異，但隨即低下了頭。

此時的貓兒臉色蒼白，右臉上有個怪異的烙印，除此之外沒有其他外傷。

狄念祖望著貓兒，知道她當時在三號禁區中作爲吉米的俘虜，必定受盡凌辱與苦刑，那時他自身難保，且落難的朋友不只貓兒一人，他也無暇追查，此時見了貓兒，先前的交誼浮現腦海，不由得有些激憤；他高聲喊了幾聲，見貓兒沒反應，本要衝上前追問，突然聽見傑克慘叫一聲，自他腳邊衝向那隊伍，他連忙跟上，想要攔下傑克。「你做什麼！」

「阿邦哥——」傑克像是沒聽見狄念祖的呼喊，直直衝入那三號禁區隊伍之中，高高躍起，躍到了一名男人肩上。

那是強邦。

狄念祖在奈落洗腦實驗室時曾見過他，他全身都經過了改造——且改造方向與其他新物種大不相同，他身上那些改造處更像是孩童們的隨手塗鴉，他的四肢被更換成了獸足、獸爪，而他原本的雙手和雙腳則歪斜地掛在兩肩，胸前嵌著狼頭和狗頭，腹部還嵌著一張雙眼緊閉的女人臉。

傑克的哭聲拔聲響起，狄念祖緊捏著拳頭，在奈落時他並未細想強邦身上究竟發生了什麼事，但半小時前他才見過吉米，知道強邦此時這副模樣必定是吉米的惡作劇——在三號禁區時，無論吉米如何拷問，強邦便是抵死不屈，吉米便將強邦的身子當成了積木，指示研究員隨意拆解組裝，改造成了現在的樣子。

狄念祖緩步上前，將哭癱了的傑克自強邦身上拎下，又向隨行的斐家祕書點了點頭，說：「沒什麼，大家老朋友，見了想念而已，袁老闆要面試親衛隊是吧，你們上去吧。」

狄念祖說到這裡，又見到排在強邦身後，距離數人之遙的男人，是向城。

向城理著光頭，模樣與以往相差不大，但雙目冷峻，見了狄念祖也毫無反應，像是完全不認識他一般。

「唉……」狄念祖拎著猶自嗚咽的傑克，緩緩走回躺椅，深深吸了幾口氣才坐下，望著魚貫步入大樓的隊伍，輕輕撫著傑克背毛，低聲說：「你忘了我們之前在黑雨機構，一有機會，就說什麼來著？」

「殺……殺死趙博士……」傑克嗚嗚哭著，張開他那在黑雨機構Free research-8實驗室裡所受的苦刑而扭曲的爪子，恨恨地說：「殺死……吉米！」

「現在大家成了同事，這下子機會多得是了。」狄念祖哼哼地說：「比起在黑雨時、比起在奈落時，現在的我們，希望是不是大得多了。」

「對……對對……」傑克抹去眼淚，平靜下來，說：「就快了！再過不久……小狄，到時候，吉米交給我！」

「好。」狄念祖說：「不過這幾天，我們得盡量遷就他們了，剛剛吉米被我整了，他一定會整回來，他和大堂哥會面之後，接下來，他大概就是我們的長官了。」

「哼……」傑克抽著鼻子，說：「我知道，大堂哥要組織自己的親衛隊，看中吉米的狗腿，還要三號禁區那幫人，我會努力扮演好自己的角色，所有的一切全看這次、全看你了，小狄！」

「嗯。」狄念祖點點頭，突然感到肩上被拍了拍，他回頭，是糨糊伸來的黏臂，糨糊湊在門邊，像是對外頭的動靜很感興趣。

「飯，剛剛那些人我都認識耶。」糨糊這麼說，在三號禁區內戰時，糨糊和月光同行，因此見過大和、威坎等傢伙，他說：「你剛剛說，有個吉米要變成我們的長官？那他跟我哪個比較大？」

「廢話，當然是他啊！連我都要聽他的話了。」狄念祖沒好氣地說，這些天他爲了讓糨糊乖乖聽話，不時對他們重申月光當日吩咐，又不停拔擢糨糊的官階，將他從「隊長」一路升等到「五芒星汽車部大統領」。

糨糊爲了升遷順利，言行之間規矩了許多，每日早晚都會向狄念祖討新官階，經歷了「主任」、「部長」、「都督」、「經理」、「小元帥」、「執行長」、「五芒星總務部司令」等稀奇古怪的頭銜之後，終於升上五芒星汽車部大統領，他相信自己已經統治了一個跨國集團裡專門生產汽車的部門，但五芒星集團生產的汽車全被擱置在海外，糨糊的下一步計畫是當上五芒星集團的總裁。狄念祖告訴他，只要當上五芒星集團總裁之後，就擁有調動車輛的權力，能夠將一些名貴跑車空運到第五研究本部，任意駕駛。

「人家大公司組織複雜，階級很多的，你要有耐心啊……」狄念祖隨口敷衍糨糊的詢問，他說：「汽車部上面是家電部，裡面有十幾個官員，你要比他們更行，才能當上家電部大統領，然後挑戰更上一層的出版部，知道嗎？」

「飯，五芒星這麼大，爲什麼會聽你的？」糨糊有時會發出這樣的疑問。

「因爲聖泉更大。」狄念祖這麼回答：「我們現在是聖泉的人，聖泉連各國總統都不放在眼裡了，當然可以指揮五芒星的人事調度啦。」

「那爲什麼不直接讓我在聖泉裡面升官？」糨糊問。

「聖泉又不歸我管，你想升官，自己去跟斐姊說、跟那些阿修羅說，你打贏他們再說吧。」當狄念祖搬出阿修羅，糨糊便自知不如了，他知道連公主月光都打不贏阿修羅，而聖泉底下操控著這麼多阿修羅，必然權勢極大，而狄念祖這些日子時常參與第五研究本部的會議，也常與溫妮討論戰情公事，糨糊對狄念祖在聖泉的影響力、以及賞賜給他的「官階」，都深信不疑。

「總之你們幾個要安分點，接下來的日子更是重要關鍵，絕對不能出錯，不能輕舉妄動，知道嗎？」狄念祖這麼吩咐。

「是，將軍。」糨糊大聲應答，狄念祖隨口胡謅的升遷制度，轉移了糨糊的注意力，他不再因爲無法陪伴月光而吵鬧不休，而是乖乖地服從「飯將軍」下達的每一個指示，以求官途順暢。他自個兒答完，還轉身向管理室裡喊著：「你們聽到沒啊，大家要乖乖聽話吶——」管理室裡的石頭、刺針、湯圓和小怒聽到糨糊的吆喝，也乖乖地點了點頭。

□

「袁老闆您大可放一百二十個心，這批傢伙有我吉米管著，絕對不會出亂子！」吉米眉飛色舞、目光燦燦地拍著胸膛。「且袁老闆，恕我直言，只這些人，未免太少，怎麼符合袁老闆您的身分，袁老闆，相信我，吉米我萬死不辭，絕對替您打造出一支大軍，只要給我一個研發單位……」

「別急，一步一步來。」大堂哥喝了口紅酒，笑著說：「現在我要你做的，就是把這棟樓守得滴水不漏。」

「這有什麼困難，交給我吧，袁老闆。」吉米搓著手、笑著問：「那麼，樓下的狄先生，他的身分是……」

「你說狄念祖？」大堂哥說：「他負責入侵敵方電腦，取得對方機密資料，這幾天我們靠著他攻破袁唯好幾個據點，他很有用處。本來現在有了你，我可以讓狄念祖專心搞電腦，但我不想讓他和溫妮走太近，溫妮是斐姊的人，我覺得她有些防我……」

「我聽說你們以前有過節。」大堂哥繼續說：「現在你們都是我的人，你做好你的工作，大門之內全是你的守備範圍，外頭那間管理室就歸他管，以後我會對你們直接下令。」

「是。」吉米微笑地鞠躬，眼神中閃爍著異樣的光芒。「一切就交給我了。」

「至於聖美，就和蘇菲亞一樣留在我身邊，作我的貼身侍衛。」大堂哥這麼說，轉頭望向身旁的斐霏。「這一點妳沒意見吧，斐霏。」

「就事論事，有沒有她們，都不影響你的安全。」斐霏淡淡地說：「只要我在你身邊的話。」

「好手當然是越多越好。」大堂哥說：「我已決定了。」

「是，你決定就好了。」斐霏面無表情，望也不望站在吉米身後的聖美。

「……」聖美一臉茫然，像是一時間搞不清狀況，微微轉頭望向靜靜站在大堂哥沙發後面的月光，但見月光一身墨色緊身勁裝，腰間還佩著第五研究部的制式武器裝備，身旁的米米也穿著華美童裝，左手按著腰間一柄短刃，右手抱著皮皮，安安靜靜地隨侍在旁。

聖美身邊的寶兒和玉兒見到米米和皮皮的模樣，與先前在奈落時有些不同，不禁露出疑惑的神情，卻又不敢出聲詢問，只能互相擠眉弄眼。

吉米認眞地聽著大堂哥交代著一些瑣事，一面向大堂哥介紹他這批自三號禁區強徵或是籠絡而來、又在黑雨機構接受過強化改造和洗腦工程的將士們，他們將進駐這棟樓房的三樓至四樓，裡頭已經經過簡單改裝，成了衛兵宿舍。

這小型社區中數棟樓房，本作爲斐家人居住之用，斐姊、斐漢隆和斐少強等在這社區中都擁有數戶用途不一的自宅。

大堂哥知道溫妮名義上雖爲第五研究部旗下部屬，但與斐姊情同母女，溫妮心思縝密，在第五研究部裡也握有重權。大堂哥與斐霏同謀迷昏斐姊和斐少強，軟禁在這棟樓房某戶之中，時日一久，溫妮必然起疑。

大堂哥必須在與溫妮反目之前，組織一支力量強大的親兵，再一步步削去她的大權。

一番討論過後，吉米捧著筆記，恭恭敬敬地離開大堂哥自宅，在祕書帶領下，與在樓下守候的親衛隊共同前往下層的宿舍，守衛任務即刻展開。

大堂哥搖了搖空酒杯，臉色微紅，他舐了舐唇，望著半瓶美酒，似乎意猶未盡，伸手抓起酒瓶想替自己再倒一杯。

「正男。」斐霏輕輕按了按大堂哥的手背。「明天你要進行阿耆尼基因轉殖，別喝多了。」

「是啊，我差點忘了。」大堂哥哦了一聲，有些不捨地放下酒瓶，吁了口氣，緩緩站起，往浴室走。「我去洗澡。」

客廳中的氣氛，如同冰雪般凍結著。

斐霏面無表情地收拾著桌上的碗盤與酒瓶，月光遲疑半晌，仍然上前幫忙，說：「嗯，我來幫妳。」

「不用。」斐霏語氣和緩，卻如冰似雪。「妳們是護衛，妳們要做的，是保護他的安全，收拾打掃是妻子的工作。」

「……」月光愣了愣，點點頭，低著頭退到一旁，默然不語。

斐霏緩慢而優雅地清空了桌面，再將沙發拍拂整齊，向聖美招了招手，領著她來到月光的房間，淡淡地說：「妳和蘇菲亞住一起吧，有什麼問題就問她，再不懂的，才來問我。」

「嗯……是。」聖美雖然滿腹疑惑，但也不敢違逆斐霏這乾大嫂的指示。

「皮皮為什麼變小了？」等月光關上房門之後，寶兒和玉兒拉著米米來到角落，低聲問著。「妳好像也變小了。」

「沒有啊……我們只是……」米米抱著皮皮，不知如何解釋，儘管月光已經答應她無論如何都不會捨棄她和皮皮，但她望著完美無瑕的寶兒和玉兒，心中仍生起一股自卑感；與他倆相比，自己和皮皮就像是有著殘缺的小侍衛。「我們只是……生了病，公主還是很疼我們……」

「這不是公主疼不疼妳的問題，而是你們能不能保護好公主的問題。」寶兒這麼說。

玉兒接著說：「不過我們來到這裡，要做什麼啊？保護袁老闆嗎？」

「我也不知道啊，狄大哥要我們乖乖聽話，他說他有計畫……」米米回答。

「狄大哥是誰啊？」寶兒和玉兒嘰哩呱啦地追問，也問不出個所以然。

另一邊，聖美和月光一個倚在門邊，一個佇在櫃旁，默默無語。

月光在衣櫃中翻了翻，裡頭只有三套與她身上一模一樣的侍衛服飾和一些換洗內衣。她歪著頭，取出一件侍衛服，望著比自己高出大半個頭的聖美一眼，苦笑說：「姊姊，這衣服妳穿太小。」

「無所謂，他們應該會替我準備新的……」聖美這麼說完，不語半晌，走至月光身邊，低聲問：「月光妹妹，妳有聽說過正男父親，也就是我乾爹的事嗎？我聽吉米大人說，乾爹他傷重不治，但一直沒有人告訴我究竟發生了什麼事……」

「這……」月光茫然地搖了搖頭，說：「我不知道，我……先前接受了洗腦治療，忘記了很多事，或許以前聽過也不一定，有機會……我問問狄，說不定他知道……」

「狄？狄是誰？」聖美問。

「他……」月光來到窗邊，向下觀望。

管理室裡燈火通明，狄念祖仰躺在外頭的躺椅上，就著筆電敲著鍵盤，不時揮手驅趕湊上他臉旁對著筆電大發議論的傑克。

「他是我一個朋友，他好像知道很多事，有一陣子我以為他是壞人，但他似乎一直保護著我……」月光這麼說。

CH02 特別任務

「怎麼回事？」

狄念祖望著管理室裡某面監視螢幕，那面監視螢幕與本部高樓作戰指揮室相連，能夠直接與溫妮聯絡。

「一小時前，我派出的突擊隊全軍覆沒了。」溫妮神情疑惑。

「什麼？」狄念祖呆了半晌，才認真地思索起「全軍覆沒」這個詞彙的意涵，在這之前，溫妮每每透過螢幕與他對話，都是告訴他這天又攻破了哪處據點之類的捷報。

狄念祖呆了呆，問：「難道他們在通訊紀錄中摻入假情報，設計陷阱引誘你們？不過按常理推斷，他們連吃這麼多場敗仗，也該有所防備啦……」

數天前，狄念祖成功入侵袁唯包圍網所使用的電腦伺服器後不久，敵方便切斷了包圍網的網路對外連線，但狄念祖早先一步，在包圍網的電腦伺服器中植入木馬，透過那些木馬進一步感染包圍網成員的個人電腦或是智慧型手機。因此儘管袁唯包圍網的電腦伺服器切斷對外連線，狄念祖仍然能夠源源不絕地取得對方的私人通訊紀錄，再由溫妮和其手下研判那些資料的真實性，從中拼湊出敵方的真實布署情形。數天以來，溫妮派出的突擊隊，接二連三地將袁唯在第五研究本部外建立的據點一一擊破。

「不……」溫妮搖頭，說：「你提供的資料應該沒錯，那個地方確實是袁唯包圍網的一處重要中樞據點……但我是在假設對方做好萬全防備，甚至有著誘敵埋伏的前提下，派出突擊部隊的……」

「所以妳的突擊隊到底發生了什麼事？」狄念祖不解地問。

「敵人變得不一樣了……」溫妮說，語氣充滿疑惑。

「不一樣？什麼意思？」狄念祖更不明白了。

「你自己看吧。」溫妮揚了揚手，身邊一名組員向後指示幾聲，狄念祖管理室中幾面螢幕的畫面立時切換成了作戰會議室的螢幕。

狄念祖湊近那幾面螢幕，螢幕上似乎是那支突擊隊隨行拍攝人員和突擊隊員身上的監視儀器所攝得的實戰畫面。

「獵鷹隊還是一樣精實啊，而且敵方的夜叉也沒有太大長進……」狄念祖扠著手，聚精凝神地在幾面螢幕上來回掃視，瞧著斐家獵鷹隊輕易地擊潰負責守備的夜叉，一路往據點深處突進。

這數天來，第五研究本部經歷了數場激戰，袁唯一方戰死的羅剎、夜叉屍身全成了蟻虎的食糧；在溫妮的指示下，本部研究員動用了所有的備用蟻后日夜生產新蟻虎，同時將第五研究本部地底的蟻虎巢穴向外擴張數倍。

獵鷹隊會配合天空戰鬥團，以及從地底進軍的蟻虎大隊，三面突擊那些被鎖定了的包圍網據點，由於袁唯包圍網的據點大都設立在地下室中，一旦被蟻虎找出進攻入口，裡頭的守軍便將要面對源源不絕的巨蟻，而獵鷹隊的夜叉和天空戰鬥團只要以優勢火力封鎖那些地下室出口，便能以逸待勞，讓不停擁入的蟻虎慢慢蠶食裡頭的高級兵種、破壞重要儀器。

溫妮這天的戰術也同樣如此，這隊獵鷹隊包圍了袁唯某處後勤補給據點——一棟私人公司的地下倉庫，數支蟻虎大隊先行擁入，在地下室中肆虐了三十分鐘，獵鷹隊才正式攻入，勢如破竹，將殘存的敵方夜叉盡數殲滅。

然則當獵鷹隊繼續攻入據點深處時，情形卻發生了變化。

狄念祖漸漸張大了嘴，來回看著好幾處分割畫面，只見畫面一一騷動、搖晃起來，不論是獵鷹隊成員，還是負責拍攝的隨行士兵都受到了極大的驚嚇。

「蟻虎怎麼回事？怎麼自己打起來啦？」狄念祖嚷嚷問著，只見四周陡然大亂，不時傳出驚駭的叫嚷，仔細看去，那些本來負責替獵鷹隊開路的蟻虎們竟以巨大的口器互相撕咬，甚至攻擊獵鷹隊夜叉和斐家的武裝士兵。

「不對——」狄念祖陡然驚呼一聲，發覺這些騷亂的蟻虎當中有不少模樣與先前看慣了的蟻虎不太一樣，這批「新蟻虎」，體型比斐家的蟻虎略小些，體色也淡了一些，速度卻稍快——

這不是第五研究本部的蟻虎。

「袁唯也養螞蟻？」狄念祖驚訝地問。

「……」溫妮吸了口氣，說：「我們第五研究部的蟻虎，是漢隆少爺的點子，起初斐姊並不看好這玩意兒，但幾次實戰下來，蟻虎倒真有用，最大的優點是便宜，且能夠快速量產……」

「所以袁唯吃了幾次虧之後，也學著你們養螞蟻？」狄念祖攤攤手說：「也是啦，聖泉連破壞神都造得出來，造支螞蟻軍團也不是什麼難事……」

「要造出蟻虎這樣的生物當然不難，難的是指揮牠們。」溫妮皺著眉說：「漢隆少爺花了很多心血才打造出能夠聽從指示的蟻虎，且研發出一套特殊的指揮方法，在第五研究部與袁唯正式開戰之前，蟻虎是我們斐家未公開的兵器……我本來估計，袁唯陣營與我們斐家的蟻虎隊交手吃了虧，有樣學樣，進而打造出堪用的蟻虎部隊，至少要花上一到兩年以上的時間……」

「但實際上他們的研發速度，比妳的估計快上太多，顯然袁唯早就在進行類似的計畫……」狄念祖望著螢幕，只見數個螢幕畫面劇烈地晃動著，獵鷹隊的成員正遭受著敵方蟻虎的襲擊。

袁唯的蟻虎明顯比第五研究部的蟻虎更加優秀，體型稍小但速度靈活，且讓狄念祖訝異的是，袁唯的蟻虎比斐家蟻虎聰明，會避開斐家蟻虎的巨顎，繞至牠們背後展開突擊——光是這樣的差異，便讓本來五五波的對抗態勢，扭轉到六比四，甚至是七比三的優勢。

那些攻入地下據點的獵鷹隊夜叉們，在失去了自家蟻虎的掩護優勢之後，甚至得應付敵方蟻虎的襲擊，在此起彼落的槍聲和慘烈的嘶吼聲中，他們開始撤退。

慘烈的尖叫聲透過螢幕，在小小的管理室中迴盪，那名攝影兵似乎早已忘記自己的任務，拚命奔逃，使得鏡頭快速晃盪，狄念祖與傑克、糨糊和石頭等小侍衛擠在小小的螢幕前，見到搖晃的畫面中，偶爾可見一雙腿上掛著數隻大蟻，那些大蟻凶猛啃噬著那士兵的雙腿。

這負責拍攝的隨行士兵終於奔出了出口，卻絕望地慘叫起來，由於鏡頭始終朝下，狄念祖等不知道那士兵究竟看到了什麼，突然畫面快速墜落，那攝影機跌在了地上，沾染了砂土和血污的鏡頭轉而朝向天空。

「啊！」狄念祖驚叫一聲。

畫面中一架直升機搖搖晃晃地墜入一間公寓民宅裡，炸出熊熊火焰。

那是斐家的阿帕契。

畫面上空更遠之處，斐家的天空戰鬥團正遭受敵方猛烈的圍攻。

成群結隊的異種白鴿，以數量優勢壓制住天空戰鬥團的黑烏鴉，且一隻隻如同神風特攻隊般地攻擊著數架阿帕契——這幾乎就是先前數日，斐家擊退袁唯空中部隊的戰術。

或許是溫妮也亟欲知道天空中究竟發生了什麼事，這支突擊隊更多隨行拍攝人員將鏡頭轉向天空。

高空一角，飛著幾隻張揚著白羽，天使模樣的高大傢伙。這些傢伙一頭銀髮，膚色雪白，但有雙紅色眼瞳，極易分辨他們的身分——阿修羅。

這些天使模樣的飛空阿修羅，持著長劍和大盾，與斐家的綠繡眼、黃鶺作戰著。

「袁唯的飛空阿修羅不是不能打嗎？」狄念祖有些訝然，他記得數天之前的那場空戰，袁唯一方的阿修羅雖然也生出了翅膀，但飛行能力卻遠不如斐家的綠繡眼、白頭這批以飛禽爲名的飛空阿修羅，在空中如同剛學走路的嬰兒，絲毫不成威脅。

但此時這批天使模樣的傢伙，身手卻靈巧許多，甚至比黃鶺和綠繡眼更加靈活，他們雖然接連中槍，但也以手中的長劍，砍下黃鶺和綠繡眼數條胳臂。

陡然，螢幕一片漆黑，似乎是溫妮切斷了畫面。

「這是兩小時前發生的事。」溫妮靜靜地說：「我們派出的兩支天空戰鬥團、三支獵鷹隊、一支工兵團、兩隊人類士兵、三架阿帕契，還有兩萬隻蟻虎，最終，連一個士兵、一隻蟻虎也沒能回來。」

「對方動用蟻虎、飛空阿修羅，但事前完全沒有徵兆……」狄念祖沉思半晌，見到與自己視訊對話的溫妮神色冷然、目露殺氣，不禁急忙辯解，說：「溫妮，妳該不會懷疑我隱匿了重要情報吧，我說過我只負責入侵，這些資訊的真偽你們自己判斷，袁唯雖然瘋，但可不笨，他知道我是頂尖駭客，接連幾天被攻破機密據點，總會有應對方法呀。」

「……」溫妮默然半晌，說：「有沒有斐姊的消息？」

「沒……」狄念祖苦笑了笑，說：「我這幾天只能在這鬼地方當個管理員，連月光都見不到，昨天吉米也來了，聽說他以後是我上司，溫妮，袁正男顯然在防妳，吉米跟我有過節，再這樣下去他會整死我，妳再不吭聲，我可要擅自行動啦……」

「我一直在等你擅自行動啊，想不到你還眞能忍……」溫妮哼哼地笑：「你找不到適當的機會對吧，我替你製造一個。」

「什麼？」狄念祖咦了一聲，不明白溫妮這麼說的意思。

「二十分鐘後，我會用這次突襲失敗的理由，通知袁正男和斐霏姊召開緊急會議，你上去查查。」溫妮這麼說。

「什麼！」狄念祖呆了呆，說：「這棟樓有十一層高，每層有好幾戶，妳要我怎麼查？」

「前幾天，斐霏調動了一些器材，運入你那棟樓房。」溫妮說：「我調過資料，斐霏動用的那批器材是睡眠裝置。我深入調查，發現斐霏姊視察過的幾間實驗室裡少了一批高強度麻醉藥物，我們第五研究部內規嚴厲，這種等級的藥物管制極嚴，你明白我的意思嗎？」

「所以，妳幾乎確定斐姊『抱病休養』，跟斐霏有關囉？」狄念祖這麼說。

「我只是懷疑，所以要你替我查查。」溫妮這麼說：「我會將斐姊的密碼卡交給你，那張密碼卡能開整棟樓裡所有設施的感應鎖，包括斐霏的私人住所。」

「另外我會傳一張樓房地圖給你，這幾棟斐家寓所除了私人住宅之外，也有交誼廳和個人辦公室，甚至是能夠擺放大型器材的私人研究室，我事先畫出幾處最有可能的隱匿位置供你參考，你得替我救出斐姊——假使她眞的被軟禁的話。」

「嗯……」狄念祖咬著下唇，愁眉苦臉地說：「這可是個苦差事……」

「我知道你擔心什麼。」溫妮神情肅然。「放心，我不是對你說過，只要是爲了保護斐姊安全，你可以任意行動嗎？這個命令，絕對在我的權限範圍之內，我會傳送一份親口下令的錄影檔案給你，即便這只是誤會，你也不用擔心任何人追究你的責任，我會承擔所有責任。」

「好吧。」狄念祖點點頭，又說：「如果可以的話，最好把吉米跟他手下調走，現在大樓裡歸他管，那傢伙如果在，我行動起來綁手綁腳。」

「這個部分有點麻煩……」溫妮搖搖頭說：「那些傢伙是袁正男的親衛隊，我無權調動，我盡量想想辦法，就說有重要任務，要借吉米跟手下幫忙……據我所知，現在吉米的管轄權只到四樓，四樓之上，就連他本人，也只能在獲得同意之後才能繼續。」

「妳盡量囉。」狄念祖點點頭，接收溫妮傳來的錄影檔案和地圖，他看著地圖，喃喃自語：「大堂哥家在十一樓、十二樓是休閒閣樓，十樓是大堂哥專屬的辦公樓層，五樓是暫定實驗室，六、七、八樓都是空房，尚未決定用途，斐姊和斐少強的住宅不在這棟樓裡，而是在另外幾棟樓中……」

「對，斐霏說，斐姊和少強少爺這些天都在她家的客房休養。」溫妮說：「你先查五、六、七、八這四層空樓，如果沒有消息再繼續往上，這樣比較保險，如果斐姊安然無恙，你可以對她說這是我下的命令，斐姊不會爲難你。」

「現在倒有一個問題。」狄念祖抓抓頭，說：「如果斐姊眞的有狀況，我該怎麼做？」

「第一時間通知我，然後竭你所能保護斐姊和少強少爺的安全。」溫妮說到這裡，頓了頓，又說：「在這兩個任務的行動過程裡，我賦予狄念祖任意使用武力的權限——」

她話一出口，隨即操作起桌上的筆電。

狄念祖立刻收到第二段錄影檔案，即是溫妮授與狄念祖動用武力權限的錄影檔案。

「好，我知道了，但我希望妳確實準備妥當了。」狄念祖知道一向冷靜謹慎的溫妮會下達這樣的命令，必然眞的按捺不住了，這些天第五研究本部的突擊行動雖然順利，但也是斐姊「閉門休養」的第八天，在此之前，斐姊就連逢年過節也不曾休息過。

「我這邊你不用擔心，我已經私下通知了漢隆少爺。」溫妮說：「他也會來一同開會，現在人應該快要到了。」

「好。」狄念祖吸了口氣，只見遠處開來一輛車，下來兩名女性員工，快速地趕來管理室，將一只褐色皮箱交給狄念祖。

狄念祖接過皮箱，打開來，是一張作工精緻的墨黑色感應卡片，卡片的材質近似金屬，上頭以雷射刻出斐姊的全名和頭像臉譜。

感應卡旁，還有一柄軍用短刀，刀鞘上繫著溫妮的員工識別證。

「……」狄念祖見溫妮連員工識別證都附上了，知道她這次必然下定了決心，後果或許十分嚴重。他認真收起感應卡和短刀，同時向傑克吩咐幾聲，指揮糨糊等備妥專屬對講機和防身警棍。

十五分鐘後，大堂哥、斐霏、吉米三人一齊下樓，在溫妮派來的兩名心腹帶領下，搭上專屬座車，前往本部大樓。

狄念祖待那專車駛去，立刻帶著傑克、糨糊、石頭和另外三名小侍衛前往這棟斐家私人寓所。

「這裡是袁老闆的私人住宅，你們要幹嘛？」大和領著幾名三號禁區的手下，守著一樓接待大廳。

身形近一層樓高的半人馬大和，在三號禁區一戰時，和麥二有過一番激戰，純論個人武力，大和可以算是三號禁區中的第三號人物，僅次於麥老大和麥二。

「溫妮要我上樓替她找資料。」狄念祖這麼說。

「溫妮？」大和皺了皺眉，問：「這裡……不是袁老闆跟斐家人的專用樓房嗎？溫妮是斐家人嗎？」

「你怎麼這麼問？」狄念祖佯裝驚訝，他知道這些三號禁區的傢伙們昨天才到，對於這第五研究部裡斐家與大堂哥之間的權勢角力和心結必然不甚了解，便隨口胡謅：「斐姊沒有子女，對溫妮視如己出，溫妮在這棟樓裡有間私人書房，還沒正式啟用，但有些資料已經運進去了，溫妮現在開會要用，派我來拿。」

狄念祖大步走向電梯，還擺出前輩架子訓誡起大和：「老兄，你得搞清楚，我跟你執行的是同一個任務，你顧好自己的崗位，有什麼不懂的再來問我，知道嗎？」

「好……」大和雖覺得讓狄念祖任意進出似乎不妥，但總也知道狄念祖和他們屬於同一單位，甚至算得上是他的前輩，便也不再多問。

電梯門打開，倒是嚇了狄念祖一大跳。是貓兒。

貓兒低下頭，避開狄念祖的目光。

狄念祖領著傑克和小侍衛們步入電梯，只說：「我上五樓，替溫妮拿東西。」

「是。」貓兒按下五樓鍵，吉米似乎指派她管理這座電梯。

門關上，電梯內寂靜無聲，狄念祖打量貓兒，只見她一身第五研究部制式軍服，臉上那怪異烙印，是個吉米的「米」字。

「妳還記得我嗎？」狄念祖忍不住問，他一開口，傑克更忍不住，說：「貓兒姊！快告訴我，那臭吉米怎麼對妳？」

「……」貓兒神情淡然，半晌才點點頭。

「妳記得我，妳……」狄念祖腦袋急轉，一時間不知該說些什麼，只見五樓已然到達，他瞥了那電梯內的監視器一眼，暗暗唾罵兩聲，對貓兒說：「不論如何，別放棄希望。」

「希望……」貓兒眼神渙散，垂著頭喃喃地說：「這東西……似乎從來不曾停留在我身上，我的命運，從一開始被製造出來時就已經註定了。」

「誰說的！」傑克大聲喊，他見到貓兒臉上的「米」字，悲憤莫名，大吼起來：「天殺的吉米！貓兒姊，吉米到底怎麼折磨妳的？還有那向城、阿邦哥，吉米對他們做了什麼？」

「五樓到了。」狄念祖掐住傑克嘴巴，領著小侍衛們步出電梯。貓兒始終垂著頭，未再說些什麼，電梯門緩緩閤上。

「臭小狄！你掐得我的嘴巴好痛——」傑克喵喵怪叫，扳開狄念祖的手，躍上他的肩，大力拍擊他腦袋。

「傑克，如果你只能當隻任性的家貓，就別一天到晚自吹自擂，說自己是隻厲害的貓特務。」狄念祖冷冷地說。

「哼……喵嗚，哼哼！」傑克停下動作，知道狄念祖在責備他電梯中的多言，大部分的電梯都裝著監視器，何況是第五研究本部中的斐家寓所。

但傑克仍嘴硬地說：「我……我只是故意耍耍脾氣，讓別人忽略我其實是貓特務這個事實……」

「別囉嗦了。」狄念祖懶得與傑克爭辯，伸手將他自肩頭上拎起，往前一拋說：

「大家分頭找找。」

CH03 奈落古魔

「應該是杜恩來了。」斐霏看著巨大螢幕上多處分割畫面，冷然說著。

「斐霏姊，妳的意思是，杜恩博士憑著幾次會戰，就能夠複製出我們斐家多年的研究成果？」溫妮這麼望著斐霏。

「除此之外，還有別的原因嗎？」斐霏淡淡地說。

「我還在查……」溫妮這麼回應，跟著又說：「如果杜恩博士眞能這麼快速地複製我們的心血結晶，那麼……或許得請斐姊出面主持戰局，單憑我一人……」

「這妳不用擔心。」大堂哥揚起手，打斷了溫妮的話頭，說：「斐姊已經交代過，讓妳全權指揮這場戰爭，妳有這個才能，別妄自菲薄，當然，如果妳需要建言，我跟斐霏都樂意提供妳意見。」

「是。」溫妮點點頭，不論是大堂哥還是斐霏，在第五研究本部之中，實質位階都高於斐姊，以往斐姊身邊親信並不將大堂哥放在眼裡，但此時大堂哥有了斐霏在身旁加持，因此大堂哥開口，無人能夠反對，且溫妮是斐姊頭號心腹，人盡皆知，現下大堂哥將指揮權完全交由溫妮獨攬，親近斐姊的部屬們更無反對之理。

「姊姊這些日子以來，爲了兩位袁家長輩和我的安危、爲了第五研究部的存續、爲了對抗袁唯這瘋子，一直都是蠟燭多頭燒。現在我回來了，她也放下心裡的擔子，聽我的勸，好好休養一段時間。」斐霏這麼說：「戰事方面讓溫妮負責，有其他重要的事，直接跟我說吧。」

「是。」斐霏說完，長桌十數名第五研究部重要核心成員，同時點頭應答。

「我有幾項提案。」溫妮這麼說。

「妳說。」斐霏抬起手，示意溫妮開口。

「既然杜恩博士極可能已親身參與這場戰爭，我們絕不能掉以輕心，或許袁唯手中已經掌握了優於我們的生物兵器技術。」溫妮說：「我希望，讓我再一次審問康諾博士。」

「那個康諾，不是早已動用手術，除去了全身痛覺神經嗎？」大堂哥插口說。

「是的。」溫妮點點頭。「這也是他在受擄時，並未遭到袁唯部屬太多刑求的原因……但我並不是想要逼供，我希望斐霏姊能慎重考慮我的提議，與康諾博士合作，共同對抗袁唯。」

「嗯……」斐霏點點頭，說：「姊姊曾動過這個念頭，但康諾對我們斐家的敵意，或許還高過袁唯……」

在袁唯展開喪心病狂的創世計畫之前，第五研究部在聖泉集團中算是秉持著鷹派主張，一些殘酷的實驗計畫和軍事征服的提案大都由第五研究部率先提出，在以往聖泉與康諾勢力的對抗上，第五研究部甚至主導著大部分的戰局。

「我知道……」溫妮苦笑了笑，說：「這幾年來，我們第五研究部殺死的康諾人馬，或許還超過袁唯不少……不過現在是非常時期，袁唯的計畫超出了世上大多數人的容忍範圍，我相信康諾也聽說了這一點，爲了阻止袁唯，或許會願意與我們合作。」

「雖然杜恩眞的掌握了優於我們的技術，但我還是對我們斐家的『鳳凰』有信心。」斐霏這麼說。「不過我不反對妳去和康諾聊聊就是了。」

「我立刻安排與他會談。」溫妮這麼說，又補充：「鳳凰基因的研究已經接近尾聲，這些天我們所有實驗室日夜趕工，已經成功將阿耆尼基因轉殖進現有的鳳凰實驗體中，現在只缺最後一塊拼圖——長生基因，如果康諾眞願意與我們合作，或許能夠加快研發時程，到時候，完全體的鳳凰一旦降臨，就算是杜恩將南極那些上古破壞神帶來，也抵擋不了我們的鳳凰了。」

「等等……」大堂哥突然又打斷溫妮的話，他摸摸鼻子，見眾人都望著他，不禁有些心虛，但仍強擺起架子，問：「嗯……溫妮，所以在鳳凰基因完成的這段時間裡，妳得全力擋下袁唯的攻擊，妳眞的做得到嗎？」

「我就算粉身碎骨，也會全力抵擋袁唯。」溫妮這麼答。

「這……我不是問妳會出多少力，妳的忠誠大家都知道，我想知道的是……」大堂哥像是不知道該如何開口，他說：「袁唯那瘋子現在所掌握的力量，究竟強大到什麼地步？」

「在今天之前，我以爲我已經將袁唯的力量摸得一清二楚了。」溫妮搖搖頭說：「但事實擺在眼前，如果他能夠快速複製我們的特殊兵器，那麼……那麼……情勢或許並不樂觀……」

「溫妮，我明白妳的意思。」斐霏突然開口，她臉色煞白，似乎也想到一處重要關鍵。

「啊！」大堂哥驚呼一聲，顫抖地說：「妳們是指……斐家的鳳凰基因，有可能被袁唯那傢伙複製……」

大堂哥這麼問完，會議室中寂靜無聲，斐霏曾落在袁唯手中，這間作戰會議室中所有人都知道。

顯然大家都想到了這一點。

倘若杜恩眞能憑著幾次會戰，便製作出更加優異的蟻虎和飛空阿修羅，那麼要是袁唯在囚禁斐霏的過程中，取得她的血液、頭髮，甚至是身體細胞，以此仿製出斐家的鳳凰基因，似乎並非不可能。

「三年——這是我和斐姊曾經討論過這個問題之後，所作出的結論。」溫妮吸了口氣，說：「當時我們估計，袁唯若眞的取得了斐霏姊的基因樣本，至少也要花上三年，才能追上我們目前的研究，但現在，這個預估顯然必須有所修正，而眞實情況如何，我完全沒有頭緒。」

「嗯……嗯嗯……」大堂哥抿著嘴，半晌不語，突然按了按斐霏肩頭，微笑地說：「別慌，交給溫妮，我對她有信心，我對我們第五研究本部有信心。」

「……」溫妮聽大堂哥那麼說，神情反而冷冽許多，一點也沒有欣慰之感，她沉默半晌，一面盯著擺在桌上的筆記型電腦，又伸手輕按著掛在耳上的通訊設備，似乎掛心著斐家寓所中狄念祖的探查進度。

突然幾聲驚呼響起，作戰會議室一角的一組人員紛紛站起，向中央長桌喊著：「溫妮姊！袁唯想和我們對話——」

「什麼？」

「他連敗十幾場，贏了一場，就要向我們耀武揚威了嗎？」

「別理他，派個小職員打發他！」

「斐霏姊是不是該出面和他對話，別讓他瞧扁了我們？」

「派溫妮上就行了，溫妮口才好，把他臭罵一頓！」

長桌眾人聽見這消息，又是驚訝又是憤慨地交頭接耳起來。

「斐霏姊，如果妳不介意的話，我直接透過螢幕牆，和袁唯對話。」溫妮這麼望著斐霏。

「好。」斐霏點點頭。

溫妮獲得斐霏的首肯，便向組員揚了揚手，示意將袁唯的通訊訊號與巨型螢幕牆連接。

只見巨型螢幕牆一陣閃爍，巨大的袁唯半身影像，威風凜凜地顯露在螢幕牆上。

作戰會議室這端，同樣也有頂級的攝影和音訊設備，能夠將會議室的影音畫面完整傳送至袁唯那方，自然，溫妮可以決定是否要掩飾會議室裡某些對話內容，或是不願讓袁唯瞧見的畫面——例如斐姊不在會議室中。

但溫妮似乎想讓雙方毫無保留地進行對話，因此作戰會議室裡所有攝影設備和錄音設備，此時全部正常運作。

袁唯身穿一襲華美的雪白袍子，窩在舒服的柔軟大座椅中，膝下伏著一頭白毛獅子，那獅子身形巨大，幾乎有現今世上最大的獅子的兩倍大小。

但那獅子溫馴得像頭拉不拉多犬，乖乖地讓袁唯將腳擱在牠後背上，瞇著眼睛，舔著爪子。

袁唯身旁兩側，站著幾名膚色不一，卻都貌如天仙的年輕女孩，這些年輕女孩身上服飾風格迥異，共通點是衣服的樣式都帶著世上知名宗教的元素，且某些配件和造型樣式，似乎表示她們不僅僅屬於那些宗教，甚至還扮演著那些宗教中的著名女性神祇。

「袁唯實在太……太妄自尊大了。」作戰會議室中某些成員忍不住壓低了聲音，暗自咒罵起來。

很明顯地，袁唯將自己當成萬神之主，將世界各宗教的知名女神全納爲自己的奴僕，替他捏腿、揉肩、搧風、斟茶、餵果。

「各位，怎麼了嗎？」袁唯哈哈大笑起來。「我知道，你們心裡不服氣，但你們得想想，世上，每一場神魔大戰，最終落敗的妖魔，在戰敗之前，都是不服氣的。」

「……」溫妮皺著眉頭，瞥了大堂哥和斐霏幾眼，見斐霏似乎無意和袁唯對話，便朗聲說：「袁先生，先前幾週你無聲無息，現在難得開金口，原來是來向我們傳教的？」

「先前，我在忙吶。」袁唯張開口，叼過一名作白袍女神打扮的奴僕遞來的葡萄，還向那白袍女神挑了挑眉，自然，他的行徑要比吉米紳士許多，至少在鏡頭面前是如此的。

「我那偉大、神聖的毗濕奴基因轉殖工程，才剛開始，硬是被你們打斷，我花了些時間休養，也很合理，不是嗎？」袁唯笑著說，此時他的臉色溫潤、雙眼有神，皮膚甚至泛著淡淡的螢光，比起先前與斐姊對話時那副大病未癒的模樣，要好上太多。

「看來你的毗濕奴轉殖工程十分成功。」溫妮冷冷地說：「恭喜啊。」

「嗯，妳是誰呢？」袁唯皺了皺眉，將身子坐直了些，還將腦袋向前探了探，似乎想瞧清楚第五研究本部那作戰會議室裡的情形。「人那麼多，斐姊上哪去了？怎都妳在說話，我不認得妳，派個喊得出名字的人說話，好嗎？」

「斐姊在忙。」溫妮說：「我是她的專屬祕書，跟我說話，等於跟她說話，如果你一定要和斐姊說話，我會盡量幫你安排時間。」

「嘿——」袁唯聽了溫妮這麼應他，雖露出不悅神色，卻又想維持符合此時裝扮、排場的氣勢和風度，不想和這小祕書多做無謂的口舌之爭，便笑了笑，說：「既然斐姊忙，我也不多叨擾啦，我只是想和你們分享一段精采的影片，看看你們家的漢隆兄，與我派出的使者大戰的英姿。」

「什麼！」斐霏陡然站起，比起先前的冷然，此時她的聲音高亢嚴峻許多。「你對我弟弟怎樣？」她轉頭望向溫妮，急切地問：「妳不是說漢隆正往這裡來？現在他們情形如何？」

「漢隆少爺……」溫妮似乎也沒料到袁唯會將矛頭轉向斐漢隆，她一面問隨從打著手勢，一面說：「我在兩小時前通知漢隆少爺前來與會，一個半小時前，他搭上直升機，往我們這裡出發，現在應該就要到了。」

溫妮一面報告，一面示意下屬立刻聯繫斐漢隆。

數名組員不停撥號，立時回報：「聯絡不上漢隆少爺！」「電話不通……」「聯絡不上奈落！」「與奈落方面的所有訊號，全都斷了。」

「袁唯——」斐霏厲聲叱喝：「你把我弟弟怎麼了？」

「哦？」袁唯這時才認出了斐霏，顯示於他面前的是整個第五研究部作戰會議室的全室拍攝畫面，因此每個人的身形，便如電視播放足球賽，俯視球場時的球員大小，袁唯探長了脖子，盯著螢幕好半晌，將斐霏那橫眉怒目的樣子瞧了個仔細，這才仰頭大笑地說：「原來是大堂哥跟大堂嫂呀。」

「大堂哥，好久不見，近來可好啊？」袁唯一面吃著眾女神侍者遞來的水果，笑嘻嘻地對著鏡頭向大堂哥打起招呼。

「……」大堂哥扠著手、抿著嘴，低頭不語，像是沒聽見袁唯對他說話。

同時，第五研究部作戰會議室這端，立時收到新的影像訊息連接要求。

溫妮下令接收影像訊息。

畫面自遠空俯視拍攝，鏡頭對準了一片田野，田野正中央，停著兩架運輸直升機。距離運輸直升機十來公尺遠處，那叼著雪茄、一臉悠哉、仰頭望天的男人，正是斐漢隆。

斐漢隆身前，伏著四頭半獅半虎的「大貓」，大貓左右，各有七、八名持槍武裝士兵；斐漢隆身後，則有一整隊獵鷹隊夜叉團；上方，更有四架阿帕契武裝直升機盤旋護衛。

「各位都親眼見到了吧。」袁唯接過一名西方女神侍者遞來的水晶酒杯，啜飲杯中紅酒，說：「我袁唯——可沒使陰招喔，那些偷襲、伏兵、陷阱之類的伎倆，我看不上眼，我只是命令我的使者，向斐兄下挑戰書，他也欣然接受呢，漢隆光憑這樣的勇氣，足夠寫入我的史冊裡了。」

「各位、各位！」袁唯說到這裡，見斐霏那兒的作戰會議室仍騷亂一片，像是急於與斐漢隆聯絡，便笑著嚷嚷起來：「你們別忙，忙也沒用，這支影片，是半小時前拍的，現在那一帶，是一片火海——」

「袁唯，你沒聽見我的話？你把我弟弟怎麼了！」斐霏怒喊。

「別氣、別氣！」袁唯像是被斐霏的怒容逗得嗆著了，一面笑、一面咳嗽，上氣不接下氣地說：「妳弟弟安然無恙，只受了點皮肉傷，我讓他回去和你們斐家姊弟團圓啦，我還特地留了架直升機給他，算算時間，應該到了吧？他沒回去嗎？」

「報告——」一名組員突然大聲嚷嚷起來：「漢隆……漢隆少爺回來啦！」

「什麼！」斐霏、溫妮，乃至於整個作戰會議室裡的人，聽了這組員的大喊，可都是又驚又喜，一下子騷亂成一片。

溫妮接連下達指示，確定這消息是從本部正門傳來，斐漢隆的座機已駛進本部園區的停機坪內，此時已有數批人員趕去接應。

「回來了嗎？剛好、剛好！」袁唯望著那作戰會議室裡騷動的情形，樂不可支，他連連拍掌，大笑說：「請漢隆兄，一同觀賞他本人與『奈落古魔』大戰的英姿吶——」

「奈落古魔？」溫妮嘖嘖幾聲，不明白袁唯口中所說的奈落古魔所指爲何，但她很快地從巨型螢幕牆上的分割畫面見到鏡頭緩緩轉移，在另一側的田野高空中，有一整片的鳥人大隊，當中領頭的幾個大傢伙，便是稍早將溫妮派出的突擊隊殲滅，作天使裝扮的飛空阿修羅。

由於斐漢隆身邊沒有天空戰鬥團護衛，僅有四架阿帕契跟隨，因此遠遠見了這漫天敵軍，便緊急迫降於曠野備戰。

鳥人大隊向兩側飛開，一具由六架大型直升機以粗實鎖鏈吊著的巨型金屬方箱遠遠地飛來，降落在田野另一側。

「是破壞神。」溫妮一見那方箱，立時便反應過來，袁唯所指的奈落古魔，便是破壞神級別的兵器。

這頭，斐漢隆似乎也知道那透天別墅大小的巨型方箱，裡頭裝著的必然是厲害傢伙，他吆喝幾聲，高高一跳，躍出了己方陣容的守備圈外，將雪茄拋了個老遠，深深吸了口氣，胸膛雄雄鼓起，雙臂肌肉隆動膨脹、雙腿彎曲暴長，他一身衣褲全給撐破，五色鱗甲自皮下翻起，包覆住皮肉，他體內的鳳凰基因極速作用起來，又變化成一頭一層樓高的巨大龍人。

那頭，金屬方箱揭開一面，漫出黑色氣息，裡頭的傢伙緩緩爬出方箱。

作戰會議室中眾人全看得呆了，那東西樣貌像是一頭巨猿，彎著腰、弓著膝，便近五公尺高，若是挺直了背，應該高過兩層樓。

「聽說吶，在我休養期間，你們斐家擊敗了神之音派出的無數支部隊，其中，也有破壞神級別的兵器。坦白說，那些東西，是我實驗室兩、三年前的舊作，確實造得不好。還好，有杜恩老師支持我，這批奈落古魔，就是在他的指導下的全新作品，現在大功告成啦，請你們睜大眼睛，鑑賞品評一番。」

袁唯迫不及待地向斐霏、溫妮等介紹起自己的得意大作。

「奈落古魔——『孫行者』。」

只見這巨猿上半身穿著中式古代皮甲冑，腰間裹著狀似獸皮的布幔，拖著一條粗如樹木的大尾，額上戴著一只金色頭箍，顯而易見地，這巨猿形象取自於古典小說《西遊記》裡的角色孫悟空，便連稱呼，也直接套用其別號「孫行者」。

「吼——吼吼——」

孫行者瞪著一雙血紅大眼，發出凶惡吼聲，暴躁地左顧右盼，幾步奔躍到田野路邊，隨手拔起一根電線桿，扯落電線，呼呼揮了揮，似乎想將那電線桿當成金箍棒來用。

「這破壞神身上沒有配掛補給裝置？」斐霏低聲問。「難道袁唯已經完成長生基因了。」

「不一定……」溫妮皺著眉，細心分析：「也許那大箱子裡有額外的補給裝置。」破壞神級別的兵器耗能極大，倘若體內沒有長生基因，會在被喚醒後的數小時內逐漸衰弱，甚至力竭死去，第五研究本部的破壞神兵器「堡壘」，背後便接有巨大的營養補給箱，藉以長時間維持肉體機能。

因此，無論袁唯還是第五研究本部，那搶先完成長生基因的一方，便得以正式量產能夠長時間活動的破壞神級兵器──意即在這場對抗中取得了絕對的優勢。

斐霏和溫妮無暇深入推測，只能目不轉睛地盯著眼前的巨型螢幕牆，只見這頭斐漢隆弓起了背，將兩隻手臂肌肉繃得鼓脹隆起，咧開大嘴，怒吼示威。

「嚎──嚎嚎──」那孫行者性情和阿修羅一樣暴烈，見了斐漢隆朝他大吼，也不甘示弱地張嘴怒叫，暴跳如雷地拖著電線桿朝斐漢隆狂奔而去。

「那是破壞神級兵器，別硬碰呀……」斐霏儘管知道這是錄影畫面，但見斐漢隆伏低了身子，一副想和眼前這兩、三層樓高的巨猿硬碰硬的模樣，仍忍不住低喊出聲。

但正當孫行者斜斜衝到斐漢隆面前，將手中那電線桿重重掄來時，斐漢隆突然縱身彈了起來，高高躍到孫行者頭頂上方，身子一旋，數條覆著赤紅鱗甲的長尾如鞭般地甩在對方的側臉上，將他那張猿臉，鞭出三道深可見骨的可怖血痕。

那孫行者甚至來不及做出憤怒的反應，十數發彈藥同時射進他那巨大身軀中。

那是斐漢隆身後的獵鷹隊夜叉發動的攻勢。

獵鷹隊訓練精良，在孫行者衝來之際便已做好準備，和斐漢隆的動作配合得天衣無縫。

在一陣彈雨之後，十二名獵鷹隊夜叉已將孫行者團團圍住，且持續以手上的巨型左輪朝他身上各處要害射擊。

「嚎嚎——」孫行者一面怒吼，奮力橫掄電線桿，掃打圍在他身前身後的獵鷹隊夜叉。

獵鷹隊夜叉們所接受的訓練，其中一項目標，正是協力對付比他們強悍的阿修羅，甚至是破壞神，此時這些夜叉行動之間井然有序，距離那孫行者約莫五、六公尺，倘若孫行者掄電線桿去追擊其他隊員，便近逼開槍，一旦孫行者將目標對準了自己，便急速後退，避其鋒頭。

只見孫行者氣急敗壞地掄桿亂打，卻打不著一隻夜叉，竟怒得重重搥起自己胸膛，仰頭狂嗥。

「糟……」溫妮看到這裡，並未露出喜色，反而搖了搖頭。「應該拉大包圍圈，讓阿帕契參戰……」

「到目前爲止，我們斐家獵鷹隊的戰術沒有任何破綻。」斐霏這麼說。

「漢隆少爺接下來，應該下了近身命令。」溫妮答。

螢幕牆上回傳的畫面之中，果然見到斐漢隆高舉右手，大聲喝叱起來。

這是因爲儘管獵鷹隊夜叉手中的巨型左輪用來對付羅刹綽綽有餘，對付阿修羅也有一定的殺傷力，但是對這有著三層樓高，如同一座小山的破壞神級別的孫行者，卻無法產生顯著的效果。

而發動了鳳凰基因，性情凶暴許多的斐漢隆可耐不著性子，等著獵鷹隊花上一、兩個小時，慢慢消耗孫行者的氣力，他一面吆喝，一面縱身參戰，狂奔到孫行者身後，掄拳打向對方的後背。

孫行者後背中拳，怒極轉身，下顎又捱了一拳。

上一次的奈落大戰當中，斐漢隆一拳將一名阿修羅擊飛數公尺，但此時，斐漢隆的重拳擊在孫行者下顎上，卻只將他腦袋擊得高仰些許。

儘管如此，孫行者仍然搖搖晃晃地退了兩步。

巨龍化後的斐漢隆，全力一擊的力道，足以比擬史前恐龍。

四名夜叉躍到了孫行者身下，一百八十公分上下的身材，站在兩、三層樓高的孫行者前，有如模型玩偶站在成年人類面前，他們握在手中的戰刀，即便沒入孫行者那雄渾粗厚的腿中，也僅能傷及表層皮肉而已。

三名獵鷹隊夜叉攀上孫行者的雙腿，將手中的巨型左輪，抵著他膝蓋直接開槍。

孫行者暴怒狂吼，拋下了手上的電線桿，一把將三名夜叉同時抓起，那三名夜叉被孫行者巨掌一握，胸膛以下、雙膝以上，登時成了肉泥。

孫行者像個暴怒的小童般抓著被他捏爛了的夜叉屍身，不停搥砸地面，甚至將一名夜叉的身子幾口吞進了肚子。

「漢隆！」斐霏瞥見會議室門口步入幾人，其中一人正是斐漢隆。

斐漢隆負傷極重，不僅多處骨折，且體膚嚴重灼傷，口鼻都淌著血，一跛一跛地踏入會議室，在他身後跟著一群身穿白袍的醫護人員，手上提著急救工具，其中一名中年男醫生急急地追上斐漢隆，向他喊著：「漢隆少爺，你別心急，先讓我們替你治療吧。」

「閃開！」斐漢隆一把推開那醫生，氣呼呼地左顧右盼，似乎在尋找斐姊的身影，他突然發現巨型螢幕牆上的影像畫面，其中半邊是袁唯，另半邊竟是自己與孫行者的作戰畫面，登時怒極攻心，大吼一聲，嘔出好大一灘血，身子一個不穩，倒了下去。

「漢隆——」斐霏急忙起身，急急奔到斐漢隆身邊，檢視著他身上傷勢，跟在後頭的醫護人員手忙腳亂地趕來，替斐漢隆緊急救治。

「袁唯？你……二姊……你們怎麼會有這影片？」斐漢隆低吼著，硬是撐起身子，怒瞪著那巨型螢幕。

「我聽說，你們喜歡帶著攝影機打仗，就偷師了一下，不錯，眞的不錯。」袁唯在巨型螢幕那端哈哈笑了起來。「我以後都會這麼做，我要將這場創世之戰，用影音記錄下來，啊，那是多麼動人的史詩啊，世間那些傳道者，他們口中的神的偉大，只能口傳，但我的神話、我的偉大，能讓世人親眼目睹。」

「切斷連線！把影片關了！」斐霏知道弟弟心高氣傲，見自己戰敗的影片在眾人面前播放，又見袁唯這副自我陶醉的模樣，自然憤怒難耐，她儘管也好奇那孫行者究竟有何能耐，但就怕重傷的斐漢隆暴怒之下，使得傷勢加重。

「不——」斐漢隆喘著氣，拉著斐霏的手，說：「斐霏姊……妳平安回來啦……這影片是袁唯那雜碎故意寄來的吧，讓……讓我看完，我要看看我是怎麼輸的。」

「漢隆，你受傷不輕，先去醫療中心接受治療，好嗎？」斐霏見斐漢隆上身除了火灼燒傷之外，胸肋間也有多處嚴重瘀傷腫脹，顯然斷了不少肋骨。

「不！」斐漢隆咬牙切齒，恨恨地說：「我要看！姊……別把我當三歲小孩，我現在就想知道……那傢伙究竟是怎麼一回事……」

「那你一面看，讓他們一邊替你治療。」斐霏知道弟弟脾氣倔強，這時候和他爭執也沒意義，便挪開身子，讓斐漢隆盯著螢幕，一面指揮醫護人員。「快替他處理傷口。」

斐漢隆一面接受治療，一面盯著巨型螢幕牆上自己的作戰身影，看了半晌，連連搖頭。

此時畫面之中，獵鷹隊夜叉已經戰死大半。

巨龍化的斐漢隆憤怒之餘，也親自參戰，還拾起了那被孫行者拋下的電線桿，當成自己的武器使用。

「漢隆，爲什麼你不使用標準戰術？起初交手時，你們不是佔了上風嗎？」斐霏盯著螢幕半晌，見本來應當保持距離的獵鷹隊夜叉，卻在斐漢隆的暴怒指示下，一個個轉而近身肉搏，夜叉速度雖快，但當他們近身與兩、三層樓的巨猿孫行者硬打時，可完全佔不到便宜，獵鷹隊夜叉使用的戰刀刀刃雖有數十公分長，但巨猿體型太大，即便夜叉將戰刀深深捅入巨猿肉中，也觸及不到要害。

「姊，妳以爲……我是殺紅了眼亂打嗎？」斐漢隆哼哼地說：「當我打中他下巴那一瞬間……就知道我們……我們獵鷹隊用來狩獵阿修羅的『標準戰術』……對這傢伙無效……」

斐漢隆說到這裡，抬起了他的右手。

他的右拳受傷極重，斷骨穿出手背皮肉。

「從頭到尾……我這右拳只打了他一下，就變成了這樣……」斐漢隆苦笑了笑。

「原來如此！」溫妮也早跟著斐霏圍到斐漢隆身邊，她見到斐漢隆那不忍卒睹的右拳，也不禁訝然。「那傢伙根本不怕獵鷹隊的配槍！難怪少爺你下令近戰突擊……」

「我有點懷疑……就算出動重型機槍，可能也沒有多大效果……」斐漢隆喘著氣，見到巨型畫面上的獵鷹隊夜叉一個個戰死。

斐霏和溫妮這才明白，袁唯派出的這破壞神巨猿孫行者，乍看之下像個傻大個，但實際上可有一身銅皮鐵骨。

由於遠處空中還有大批鳥人和飛空阿修羅待命，斐漢隆自知無法空戰的自己，即便逃上天，更是送死，但若能夠集全員之力一舉擊敗這孫行者，或許還能仗著自己強悍的陸戰能力和那些飛空阿修羅纏鬥，因此才下達突擊命令，企圖在最短的時間內擊倒這巨大怪物。

但孫行者的難纏程度，遠超出他的預期。

四架阿帕契壓低了飛空高度，近距離朝著孫行者開火。

只見那孫行者先是彎低了身子，跟著高高蹦了起來，他的跳躍力超出了所有人的想像，兩、三樓高的孫行者這麼一跳，竟又多跳了三、四層樓高，大臂一揮，將一架阿帕契在空中掃到了地上，炸出熊熊火球。

孫行者甫落地，又快速躍起，抓著另一架阿帕契，這次他沒將阿帕契扔落地，而是抓著機身當作武器，和斐漢隆展開大戰。

斐漢隆知道無論如何是逃不了了，鼓足了全力死戰，他揮動數條鳳凰利尾，鞭打孫行者的巨大身軀，卻讓孫行者舉著整架阿帕契，轟隆砸在自己身上。

儘管斐漢隆體內有著鳳凰基因，且化爲半人龍，身形也有一層樓那麼高，但讓一整架阿帕契重重砸在身上，炸出熊熊火團，自然承受不住，整個人轟隆倒下，一時之間再也無力站起。

只見孫行者高高抬起右腿，便要朝著斐漢隆踩下，卻突然停下了動作，一直在空中觀戰的其餘袁唯人馬，透過埋在孫行者頭皮耳垂裡的通訊裝置，向他發號施令。

孫行者低吼幾聲，不甘不願地將腳收回，低吼著躍回將他載運而來的巨型方箱之中。

「漢隆，你沒事吧——」

袁唯的聲響自巨型螢幕中傳出，眾人將目光轉至分割畫面的另半邊，只見袁唯悠哉地窩在他那白銀大椅中，微笑不語，那說話聲音來自當時拍攝時的同步錄音。

在當時，袁唯也透過即時視訊設備，全程欣賞自己的奈落古魔對戰斐漢隆和獵鷹隊的過程，顯然戰況令他十分滿意，他下令跟拍的直升機駛近倒在田中一動也不動、身上還燃著烈火的斐漢隆，將擴音設備開到最大，高亢喊著：「斐家軍啊，還不來幫你們的主子急救，若是讓斐姊知道你們怠忽職守，可有你們好受的──」

那些看傻了眼的武裝士兵，聽見了袁唯的聲音自空而降，這才彷如大夢初醒，急急忙忙地自後方運輸直升機中翻出急救用品，圍到了斐漢隆身邊替他緊急救治。

「漢隆，我只是向你打聲招呼而已，別太介意。」袁唯的聲音猶如天音般破空劈下。

「你不應該倒在這裡，這裡不應該是你的亡身之處，我已經替你想好了壯烈陣亡的方式和對手，你回去養好身體，七天之後，我們再戰一場，到時候，別再讓我失望，哈哈哈──」袁唯說完之後，便下令全軍撤退。

體內有著鳳凰基因的斐漢隆，尚不致於因孫行者那一記攻擊而致命，他聽了袁唯對他的喊話，便緩緩坐起，怒瞪著逐漸遠離的袁唯空軍。

「二姊……大姊呢？」斐漢隆又咳了幾口血，體力像是達到了極限。

「大姊她身子不適，在休養中。」斐霏扶著斐漢隆，說：「你有什麼事，和我講就好了。」

「紫鳳……」斐漢隆一把抓著斐霏的肩，說：「立刻……替我進行……紫鳳基因的轉殖工程……」

「不，漢隆。」斐霏搖頭說：「你現在的身體承受不了這項手術，況且紫鳳基因需要長生基因當作動力來源，長生基因還需要一段時間，這些你都知道。」

「來不及了。」斐漢隆連連咳嗽。「二姊，妳……妳沒聽袁唯說……七天之後……」

「別急、別急！」巨型螢幕牆那端的袁唯突然開口，說：「看來，七天似乎太過緊湊了，我給你們三週時間，做好準備，千萬別讓我失望吶！」

「不需要你假好心！你說七天就七天——」斐漢隆拔聲怒吼，跟著猛咳，嘔出幾口血，身子一癱，昏死過去。

「袁唯，你到底想玩什麼把戲？」斐霏見斐漢隆模樣淒慘，心中憤慨，起身恨恨地瞪著螢幕牆上的袁唯。「或許你在杜恩的幫助之下，在生物科技上始終領先我們斐家，但你以爲光憑這樣就能戰勝我們？別忘了，這是場戰爭，不是宗教慶典也不是學術競賽。」

「是啊，說得眞好。」袁唯嘲諷般地輕拍了拍手，說：「不知道剛剛漢隆參與的那場活動，是戰爭？是慶典？還是學術競賽呢？」

「……」斐霏怒目不語，溫妮佇在一旁正要接話，卻讓大堂哥的喊聲打斷。

「溫妮，妳什麼意思——」大堂哥神情顯得有些慌張，吉米則低著頭立在大堂哥身後。「妳派那小子上樓找東西？妳想找什麼？」

溫妮低頭不語，神情黯然，彷彿早已預料到事跡敗露時的後果，她瞥了躺在地上接受急救的斐漢隆一眼，深深吸了口氣。

將搜索斐姊的任務交給狄念祖，必然會驚動大堂哥從三號禁區調來的那票守衛，那些傢伙將消息回報吉米，吉米也自然會將這消息轉報給大堂哥。

溫妮心知斐霏若真是在受擄時遭到洗腦，和大堂哥一個鼻孔出氣，那麼第五研究本部便無人能夠與之抗衡。她說服斐漢隆自奈落趕來第五研究本部，參與作戰會議，便是希望一旦狄念祖確認斐姊處境不佳時，斐漢隆能夠挺身而出，與大堂哥抗衡。

但斐漢隆在趕來的途中，卻被袁唯大軍攔截。

儘管斐漢隆最終仍返回了第五研究本部，但一時半刻，可無法出力相助自己了。

「我只是覺得這場會議十分重要，我必須通報斐姊，如果袁先生覺得不妥，我立刻叫他離開。」溫妮淡淡地說，同時，已伸手按下戴在頭上的通訊設備的通話鍵。

她的手立刻被身旁的斐霏握住。

「妳懷疑我？」斐霏臉色煞白，眼神中綻現出前所未有的怒意。

「不……」溫妮搖了搖頭。

CH04 大戰威坎

斐家寓所，十樓。

這層樓預計作為大堂哥私人辦公之用，設有小型研究室；由於這樓層內部幾乎裝潢完工，有許多複雜隔間和大型儀器設備，狄念祖領著小侍衛們小心翼翼地檢視每一處大型艙櫃，不時用手輕扣牆面，猜測斐姊是否被藏匿在隱密的隔間密室中。

突然，狄念祖手上的通訊對講機響了一聲，狄念祖按下通話鍵，湊上耳際，陡地瞪大眼睛，跟著呆愣半晌，突然對著傑克和小侍衛們低聲吆喝起來：「別找了，我們撤退——」

「怎麼回事？小狄？」傑克聽見了狄念祖的呼喊，急忙奔回他身邊。

「我不知道，情況有點不太妙。」狄念祖連連抓著頭，急忙地領著傑克、糨糊等，往電梯方向奔去。「溫妮出事了！」

「溫妮出事？」傑克不解地問。「出什麼事？」

「她似乎和斐霏鬧翻了……」狄念祖在接通對講機那瞬間，只聽見斐霏那句冷冷的質問——「妳懷疑我」，狄念祖雖然不明白在作戰會議室內究竟發生了什麼事，但他知道自己必須儘快離開這棟樓。他在電梯前駐足半晌，只見兩座電梯分別在三樓逗留許久，猛地心生警覺，連忙帶著小侍衛們轉往逃生梯間的方向。

他們一路向下急奔，一直奔到四樓之際，只見一個人攔在梯間，伸手指著狄念祖，以手勢示意他停下。

那人是向城。

向城穿著第五研究本部的制式軍裝，露在衣袖外的皮膚是青灰色的，臉上沒有一絲表情，腰間並未佩掛先前他那絕不離身的「沙漠之鷹」。

「你就是狄念祖？」向城語氣有些遲疑，微微瞇起眼睛，仔細打量起狄念祖的面容，還探頭看看他身後的小侍衛們。

「……」狄念祖呆然數秒，跟著搖頭說：「我不是狄念祖，我是來找他的，你看見他了嗎？」

向城嗯了一聲，皺起眉頭，向前逼近幾步，將腦袋不停探前，眼睛瞇得更細，盯著狄念祖半晌，陡然，眼中精光大綻。

「你就是狄念祖——」向城這一次的語氣肯定許多，他大步往前，伸手探向狄念祖。「打斷你一雙腿，將你押到袁先生面前。」

向城說到這兒，已走到狄念祖面前，右手突然暴竄伸長了一倍有餘，眼見就要掐中他的脖子。

「喝！」狄念祖猛地向後一仰，沒讓向城抓著，他見向城神情冷然、語氣呆滯，動作卻異常俐落，知道他在黑雨機構和奈落接受了完整的洗腦工程，現在再無個人意識，成了一具聽話的活體機器。

「向城、向城！」傑克本來跟在狄念祖身邊，見到兩人動起手來，急得喵喵嚷叫：「我們不是敵人，我們是朋友，你還記得你老闆張經理嗎？我們收留了張經理呀……」

「現在對他講這些沒用了！」狄念祖接連閃過向城幾記長手亂扒，突然踹出一腳，正中對方胸膛，將他踢下樓梯，跟著追撲下去，對著翻身站起的向城腹部補上一記卡達砲。

狄念祖這記卡達砲勾拳只用了三分力，但仍將向城打得彎弓了腰，但向城受擄之前，身體便受過一定程度的強化改造，且學過精深的格鬥技，在黑雨機構、奈落之中，陸續又接受過數次改造，此時捱了狄念祖這記卡達砲，不但沒有倒下，反而抖擻起精神，揚開一雙模樣已不像是人臂的怪手，接連數拳擊在他臉上、身上，跟著一撲而上，按著狄念祖後頸，補上一記膝頂，然後是兩記肘擊，最後朝他臉面重重追加一記頭錘。

「唔！」狄念祖轟隆倒撞在四樓梯間的安全門上，摀著臉直喊疼，向城緩緩走來，抬腳對準了狄念祖的左膝，準備施力重擊他的膝蓋。

那頭，擠在樓梯間的小侍衛們見狄念祖倒地，不由得一陣騷動，糨糊一時間還沒反應過來，石頭已經想起月光託付給自己的職責，立時伸長了拳頭朝著向城攻來，向城一記旋踢，將石頭踢在牆上，跟著連環幾腳，將跟在後頭的糨糊踢下三樓。

「向城兄……」狄念祖撐著牆站起，聽見樓上、樓下都傳來了騷動聲，知道肯定是大堂哥那批新收的親衛隊趕來圍捕自己，連忙對向城說：「我沒說不和你去見袁先生啊，何必動手動腳？」

「打斷你一雙腿，將你押到袁先生面前……」向城面無表情，口裡喃喃重複著這句話，陡然抬腿蹬在狄念祖心窩上，跟著掄拳追擊。

「喝……」狄念祖被向城這腿踢得透不過氣，胸膛臉面又捱了數拳，再也按捺不住，順手又勾出一記卡達砲，將向城一擊轟退了數公尺，他見三樓方向擁上數名傢伙，都是大堂哥的親衛隊。

這幾個親衛隊一見狄念祖，立時吆喝起來，嚷嚷喊著：「就是他！」「就是這小子！」「吉米老大說打斷他的腿，押他去見袁先生！」

「什麼！」狄念祖聽那些傢伙這麼嚷嚷地朝他圍來，心中大喊不妙，他雖有溫妮親口下令的錄影片段，能夠證明自己只是受命行事，但包括向城在內的這批傢伙，不是吉米的親信，就是被洗腦的殺戮機器，一時半刻也難以解釋清楚，且吉米顯然想報先前的私仇，除了命令這批手下生擒他之外，還要打斷他的腿。

狄念祖莫可奈何，右手一揚，化出拳槍大臂，空揮幾拳，逼退兩名正面衝來的親衛隊，跟著回頭揪起一名自後方圍上的傢伙，朝著自三樓奔上的那些親衛隊成員處拋去。

「跟我來——」狄念祖帶著糨糊、石頭等小侍衛，推開四樓安全門，退入尚未裝潢的四樓樓層裡，將安全門關上，還以一旁裝潢用的鐵梯橫向架住安全門，跟著往另一個方向的逃生梯間奔去。

但那兒也衝來了數名親衛隊成員，同時，電梯正好停在四樓。

電梯門緩緩開啓，是威坎爺和古奇，以及數名大堂哥親衛隊成員。

只聽見轟隆一聲，狄念祖以鐵梯堵住的安全門陡然轟開，向城領著數名親衛隊成員大步走入，另一個方向的安全梯間，同樣也有數名親衛隊成員走來，帶頭那傢伙是強邦。

強邦是寧靜基地的保安頭目，在三號禁區一役裡被吉米俘虜，吉米爲了逼供，對他施以酷刑，又在黑雨機構之中對他的身體進行了難以想像的改造。

「阿邦哥，你醒醒，我是傑克，你記得我嗎？」傑克遠遠見了強邦，急得不停嚷嚷，但此時的強邦不僅有著一副怪異荒誕的軀體，神情也極其凶狠，傑克只能縮在狄念祖身後，遠遠地喊他。

「……」狄念祖見向城、強邦和威坎共十數名親衛隊成員三面圍來，個個面露不善，知道這場打鬥終究無法避免，只好領著小侍衛緩緩後退，微微抬起右手，化出巨大拳槍，凝神備戰。

威坎領著古奇等人步出電梯，朝狄念祖緩緩逼近。

古奇一頭白髮，在三號禁區裡是威坎安排在麥二身邊的臥底，大戰之時，古奇燉了迷藥企圖迷昏麻子婆和果果，卻被狄念祖一拳擊倒，此時他恭恭敬敬地站在威坎身側，猶如威坎的左右手。

「你就是威坎？」狄念祖望著威坎，只見這駝著背的年邁老人，右手拄著一支怪異手杖，左手擺在身後，瞪著一雙銳光閃閃的綠色瞳子，不知盤算著什麼。狄念祖擠出笑臉，說：「你們要我去見袁先生，我就去見他，不必派出這麼大陣仗來接我呀。」

「吉米老闆確實要我們帶你去見袁先生。」威坎說：「但吉米老闆還有另一個指示，是要我們打斷你一雙腿。」

「操，我就知道是那傢伙……」狄念祖哼了哼，望著威坎，說：「聽說你在三號禁區裡搞內亂，挾持麥老大、出賣麥二、鬥爭朋友……如果你這麼做，只是想自己當老大，那算你狠，但我就搞不懂，你花費這麼大工夫撕裂三號禁區，鬥垮麥二，就是爲了趴在吉米腳邊當他的狗？」

「臭小子，你說誰當狗——」威坎將眼睛瞪得更大，一雙綠眼緩緩發紅，顯然被狄念祖這番話給激怒了。他捏緊拳頭，身子微微顫抖，氣呼呼地說：「以前聖泉不敢進犯，是因爲三號有麥老大，但麥老大糊塗很久啦，光憑那個有勇無謀的麥二根本擋不下聖泉，如果當時聖泉對三號發動總攻擊，所有朋友沒一個能活，是我讓大家多一條路選！」

「你確定你選了一條對的路？麥老大現在躺在第五研究部的實驗室裡，你們的同伴被召來當這袁先生的親衛隊，再過不久，另一個袁先生就要打來啦，你以爲吉米可以罩著你們？那條擺尾狗背叛袁唯，這一次如果第五研究部擋不住袁唯，你們肯定要跟著吉米一起死，就算沒死，也會被袁唯編入奈落軍團，被他活活玩死，你看看、就像我一樣！」狄念祖舉起自己拳槍右臂，在威坎面前搖搖晃晃。

「你這老頭自作聰明，妖言惑眾，其實你害死大家了……」狄念祖一面說，一面以眼角餘光瞥視其他親衛隊成員，就盼當中有些傢伙讓他挑撥成功，但卻見這些傢伙像是沒聽見狄念祖那番話般，個個面無表情，瞪著一副勾魂鬼般的雙眼，目不轉睛地看著狄念祖。

「你這小子，好大口氣！」威坎不住地以手杖擊地，憤怒反駁：「你倒是說說看，大夥還有別條路可選？」

「威坎爺，何必跟他囉嗦……」古奇在威坎身邊低聲這麼說，同時揚起手在空中比劃幾下，示意幾個夥伴一擁而上，擒下狄念祖。

向城一馬當先，竄到狄念祖面前就是一記前踢。

狄念祖立時舉起拳槍大臂，擋下向城這記前踢，跟著側頭閃身，接連避開向城追擊而來的數記拳、肘、踢腿。

然後，狄念祖抓準了時機，打出左刺拳。

啪！正中向城臉面。

轟——緊接在左刺拳之後，正中向城胸膛的是狄念祖的右拳卡達砲。

向城整個人被擊飛了五、六公尺之遠，這仍是一記手下留情的卡達砲，一來狄念祖終究不願重傷向城，二來放輕力道的卡達砲才能夠快速連發。他剛擊飛向城，立刻轉身以右臂拳槍擊出一發發卡達砲刺拳，其中一名親衛隊成員臉面捱著狄念祖一記卡達砲，立刻倒地不起。

狄念祖並未正式學過格鬥技巧，但他那被注入急速獸化基因的身體，在袁唯召集了整個聖泉集團的菁英研究員全力醫治、改造之下，無論肉體力量、速度或敏捷度都光速般地提升。

此時的狄念祖，戰鬥動作雖然拙劣難看，但速度和力量卻極快極強，他一副在玩老鷹捉小雞般的模樣，率領著小侍衛們迴避著大堂哥親衛隊成員的攻擊。

砰！一名被拳槍大臂掃中的親衛隊成員如同脫線風箏般離地飛起，撞在一杜大梁上，數秒之後，又一個傢伙腦袋挨著一發卡達砲，撲倒在地。

糨糊、石頭等小侍衛緊緊跟在狄念祖身邊，伸長了手臂胡亂揮打，掩護狄念祖，傑克攀在糨糊腦袋上，只見越來越多親衛隊成員們似乎因爲懼怕狄念祖那巨大拳槍，轉而將目標放在包括自己在內的小傢伙們身上，只嚇得喵喵怪叫，突然想起了什麼，大喊：「糨糊、石頭，五合一隊形！」

「對！五合一！」糨糊聽腦袋上的傑克這麼嚷嚷，也想起了傑克口中的「五合一」。這些時日糨糊閒得發慌，便也拉著石頭等小侍衛演練些自己發明的迎敵陣法，傑克、狄念祖有時也會參與他們的討論，提供意見。

這「五合一隊形」就是出自於傑克的點子——

只見石頭微微彎身，體態快速變形，身型變得低矮卻更爲寬壯，兩隻胳臂如同大蟹般揚起，本來的腦袋、胸膛位置變成了一個大凹坑。

糨糊呀喝一聲，躍入石頭軀體上方的凹坑，兩隻海星尖腳恰恰與那凹坑貼合，猶如合體機器人一般，糨糊也揮出十條黏臂，一條黏臂抓著了鉛筆海膽狀的小侍衛刺針，一條黏臂抓住了那被他奪去發聲器官的六角小侍衛小怒，再一條黏臂抓住了橘子大小的球體小侍衛湯圓，其餘七條黏臂有的化成拳頭，有的抓著自石頭變出的小鎚、小斧。

「加上我，六合一！」傑克自糨糊腦袋上站起，張開兩隻小掌，彈出利爪咧嘴大叫，糨糊便也讓腦袋上化出一條小黏臂，纏在傑克腰間，防他掉落。

「什麼鬼東西！」一個親衛隊成員，似乎一點也不把糨糊、石頭等小侍衛組成的大傢伙放在眼裡，哼哼唾罵幾句，正面攻向小侍衛們。

「牽制他！牽制他！」傑克居高臨下，急急下令。

糨糊立時甩出四條黏臂，打向那親衛隊成員的雙腳，那親衛隊成員動作也俐落，跨步一躍，已經躍到了糨糊和石頭身前，朝著糨糊猛揮一拳。

砰——

這親衛隊成員的一拳，並未擊中糨糊臉面，而是擊在石頭即時舉起的粗臂上，石頭挺著兩隻大臂，將自己和頂上負著的糨糊守得密不透風，一連擋下那親衛隊成員好幾拳，突然只聽得那親衛隊成員怪叫一聲，原來糨糊趁著這傢伙與石頭互擊時，將長臂繞到這傢伙背後，以石斧和石鎚猛擊。

「一起上！」三、四個親衛隊成員見己方那傢伙吃了虧，便一擁而上將小侍衛們團團圍住。

「小心後面，左邊也有敵人！」傑克一見到有敵人企圖自後方來襲，便立刻扯著喉嚨怪叫提醒。

石頭見數名敵人包圍而來，便將一雙粗臂各自一分爲二，變成四臂，一雙在前、一雙向後，專心防守；糨糊則是高高舉起十條黏臂，四面胡纏亂打；三隻小侍衛雖然發育程度極低，但也各有本領──小怒攻擊性強，主動拖著糨糊黏臂亂竄暴擊；刺針身上的鈍刺能夠如同弩箭般射出；湯圓體型雖只有橘子大小，但肉身堅硬程度卻猶勝石頭，湯圓將身子化爲錐狀，讓糨糊當作武器使用。

數名親衛隊成員圍著這六合一隊形攻打半晌，找不著破綻，還被抽空來援的狄念祖擊飛兩名同伴。

只聽得一陣詭異獸鳴響起，傑克轉頭朝那聲響處望去，只嚇得魂飛魄散。

大步走來那人是強邦。

強邦經過殘酷改造，上身被移植上一對獸頭和一張人臉，此時強邦胸前的狼頭和犬頭，竟都睜開雙眼，發出怒嚎，腹間那張女人臉，也瞪起血紅色的眼睛，咧開大嘴，那張嘴足足有二十多公分寬，口中生著尖銳的利齒，即便是恐怖電影，醜惡至如此境界的角色也十分罕見。

「阿邦哥……」傑克驚恐之餘，望著強邦那雙無神的眼，突然覺得一陣鼻酸，喵嗚幾聲，就要流淚。

糨糊橫地甩去三條黏臂，卻未擊中強邦。

強邦以奇快的速度躍過糨糊那記橫掃，頭下腳上地以那生著利爪的獸形雙足，「抓」著天花板。

在吉米的「巧思」之下，強邦的雙手雙腳都被怪異地移植在雙肩上，而他的四肢，被替換成了類似熊掌一般的獸足。

「嘎——」強邦猛一蹬，自空竄下，落在糨糊、石頭身前，一記大爪扒來，一把便扒碎了石頭即時抬起防禦的石臂。

強邦的力量顯然大過包括向城在內的親衛隊成員許多，他在石頭另一臂打來之前便又出一爪，一把扒進石頭側面頭部，還抓著了踩在裡頭的糨糊右足。

「哇——」糨糊和石頭同時因為疼痛而叫嚷起來，糨糊揮動所有黏臂鞭向強邦，強邦低聲一吼，肩上那雙手腳竟竄長起來，變成如同蜘蛛一般的怪異長足，撥開了糨糊那些黏臂，其中一手劈進糨糊身軀當中。

強邦歪著腦袋，緩緩抽出肩上那人手，掌上還嵌著一台玩具小汽車。

「啊，你這混蛋！」糨糊見強邦劈壞了他的汽車，氣得甩動黏臂，纏上強邦肩上那怪異的雙手雙腳，底下的石頭則將完好的兩條石臂挪至前方，與強邦一雙熊爪拳頭對轟起來，互擊了數下，石拳上劈里啪啦地出現一條條裂痕，石頭咬著牙硬戰，一面修補雙臂上的裂痕，但強邦一拳重過一拳，一記右拳轟隆擊入石頭頭頂，且又擊中糨糊踩在石頭頭頂凹陷裡的腳，兩個小傢伙再次齊聲喊疼。

「嘎？」強邦突然感到插在石頭與糨糊合體身中的拳頭被緊緊纏捲，抽拔不出，他揚起左拳，對著石頭右側身子狂擊數下，將石頭的側身打出數道裂痕，但猛地狂嚎一聲，彎腰低頭。

他的臉上插著三支鈍角，其中一支，正中左眼。

是刺針射出的鈍刺。

下一瞬間，糨糊另一條黏臂抓著湯圓變化出的匕首，捅入強邦後背。

「吼——」強邦仰頭嚎叫，一腳踹在石頭臉面上，將糨糊與石頭踹得騰空飛起，這小侍衛合體戰士也因此在空中解體，各自摔了個七葷八素。

「嘎吼——」強邦怒嚎一聲，拔出了插在眼中的鈍刺一把捏斷，大步朝滾倒在地的糨糊和石頭走去。

狄念祖攔住了他。

狄念祖的身邊已再無對手，七、八名親衛隊成員都被他以小威力連發的卡達砲擊倒，不是暈死，就是斷了肋骨而無法爬起。

強邦喉間發出一陣陣異音，雙膝微彎，蹬地竄向狄念祖，揮動一雙熊手發動凶猛攻勢。

狄念祖早擺好了拳擊架勢，左手微微晃了兩下，對著竄來的強邦虛擊兩拳，跟著讓手肘和肩頭上膛，擊出一記卡達砲刺拳。

啪——

正中強邦臉面，強邦的身子誇張地後仰，雙腳連退數步，才想站穩身子，狄念祖第二記刺拳已經擊來。

狄念祖這招同時發動兩處關節作用的卡達砲刺拳，除了威力雄厚之外，且速度快得如同槍彈，強邦尚未站直，下顎再次中拳，整個人翻倒在地。

但同時，狄念祖只覺得腹部一陣刺痛，只見數條怪異莫名的黑色條狀物刺入了他的腹部。

那些黑色條狀物來自於強邦腹上那張女人臉的嘴裡，那是女人臉的舌頭。

「哇！」狄念祖怪叫一聲，一把揪住了那些黑色舌頭，但仍感到那些帶著倒刺的黑舌前端在腹部內不停鑽爬騷動，他驚駭之餘，試著將那些黑舌向外拉拔，但一隻怪手扒來，一把扣住了他揪著黑舌的左手腕——那是強邦右肩上的人足——此時這怪異人足漸漸化為黑色，腳趾伸長，變成了類似禽類的利爪，緊緊扣住他的手腕。

強邦嘩地翻身站起，肩上另外二手一足同樣墨化變黑，一齊抓住了狄念祖右臂拳槍。

「吼——」兩聲異吼同時響起，強邦胸前那對狼頭和狗頭竟向外伸長了頸子，足足向前竄出百來公分，分別咬住了狄念祖雙肩。

「哇！」狄念祖這才驚覺，強邦這一身怪異移植物不但模樣恐怖，且各有駭人能耐。

「飯！」糨糊等小侍衛見著狄念祖瞬間遭到這般襲擊，紛紛趕來支援，卻讓威坎指揮著親衛隊員攔阻包圍，一時間無力救援狄念祖。

威坎身形一晃，已經繞到狄念祖背後，高高舉起手杖，朝著狄念祖大腿猛地一刺，深深刺入他左大腿之中。

「哇！」狄念祖現今力量本便大過強邦許多，瞬間遭到強邦一連串的怪絕奇襲無法應變，左腿讓威坎那麼一刺，劇痛之下，奮力揮動右臂拳槍，將槍口對準了強邦臉面。

砰！

拳槍槍口射出了數枚蟹甲彈，正中強邦臉面，這讓強邦緊扣著狄念祖身體的狼頭、狗頭，人手、人足都鬆脫了些許。

威坎並未拔出插在狄念祖左腿中的手杖，而是在那手杖上按了按，像是開啓了什麼機關般，跟著一抽拔，自那杖中拔出一柄細長鋭刀。

跟著將鋭劍送入了狄念祖右腿中。

「哇——」狄念祖再次痛號一聲，這次他鼓足了全力，讓拳槍上膛，猛地擊發兩拳，打在強邦胸側和肩頭，跟著對準了咬著他的狼頭和狗頭再擊出數拳。

跟著再一拳，轟在強邦臉上。

強邦終於鬆開了狄念祖，搖搖晃晃地向後退倒。

狄念祖憤怒地轉身，猛地反手一拳揮向威坎，但威坎像是早一步料中他的反應，早在狄念祖轉身之際便低身繞開，輕易地避開了他這回身一擊。

威坎雙手仍按著插在狄念祖右腿上的手杖刀，他眼睛一瞪，鬍子飄揚，雙手上的細毛突地豎起。

只聽見狄念祖怪叫一聲，跪倒在地。

耀目的閃光自狄念祖插在右腿上的手杖刀刃上亮起。

威坎能夠放電。

「滾——」狄念祖暴吼一聲，胡亂揮拳，他右臂拳槍粗長壯大，本以爲這麼亂打，即便沒有擊中威坎，至少能夠逼退他，讓他無法再對自己右腳傷處發電，卻沒料到威坎縱身躍開了數公尺，又瞪了瞪眼，一股激烈電流再次自狄念祖右腿炸開——

威坎那柄手杖刀仍插在狄念祖右腿後方，有一條細長鎖鏈，連結著數公尺外威坎手上的握柄。

「喝！」狄念祖看清了情況，不由得驚駭不已，若是如此，威坎便能遠距離對他傷處放電，此時他只覺得整條右腿幾乎失去了知覺，在手杖刀刃周邊的皮膚甚至焦黑冒煙。

狄念祖眼見威坎又吸了口氣，像是要三度發電，趕緊將拳槍對準威坎連開數槍，逼得威坎狼狽閃避，他趁著這空檔，也不顧刀刃割手，一把抓住手杖刀刃，猛地拔出大腿，突然感到手掌炸出閃光，是威坎放來的電流。

狄念祖鬆開了手杖刀刃，又胡亂以拳槍擊發數槍，逼開了強邦和幾名包圍而來的親衛隊員，一拐一拐地奔逃數公尺，一拳擊倒一名和石頭扭打的親衛隊員。

「小狄！」傑克本躲在石頭身後，一見狄念祖負傷退來，急得躍上他肩頭，朝著附近與親衛隊員纏鬥的小侍衛們高呼一聲：「集合、集合!保護小狄！」

糨糊等聽了傑克呼喊，趕緊紛紛退來，圍在狄念祖前頭，喘呼呼地彼此互看。

古奇本來大聲高呼，示意餘下的親衛隊成員一擁而上，卻被威坎揚手阻止。

「讓他下樓。」威坎眼神銳光閃現，轉了轉手杖刀柄，收回鎖鏈，持在手上，伸手指揮著幾名傷勢輕微的親衛隊員，緩緩推進。

「……」狄念祖見這些傢伙不再猛攻，便試圖後退，他咬著牙拔出左腿上的手杖，那杖身原來是手杖刀的刀鞘，狄念祖見這刀鞘比外觀看來更加堅韌，便拋給糨糊，讓糨糊當作武器使用。

「小狄，你能走嗎？」傑克在狄念祖身上攀爬，檢視著狄念祖身上傷口。

「除了右腿有點麻……其他一點也不算什麼。」狄念祖微微喘氣，指揮著小侍衛們往另一處安全門撤退。「別忘了我們可是從黑雨機構那個變態實驗室熬出來的。」

狄念祖等退到逃生梯間，突然將安全門關上，卻不是向下，而是領著小侍衛們往上奔。

「小狄，你想怎樣？爲什麼往上？」傑克問。

「我想起糨糊說過，三號禁區裡除了麥老大跟麥二之外，還有一個厲害的傢伙……」狄念祖托著麻痺的右腿，奮力奔跑。「剛剛威坎沒有全力追來，大概是要我們向下自投羅網，他們打算前後包夾我們，所以我們要往上……」

糨糊和石頭見狄念祖右腿負傷，行動不便，便向石頭使了個眼色，兩個小傢伙一左一右，將狄念祖抬了起來，一路狂奔。

「飯，你要去找公主，對不對？」糨糊一面喜孜孜地問，主動伸出一條黏臂，化爲平薄紗布狀，包覆住狄念祖那雙負傷的腿，作爲止血之用。

「不……」狄念祖苦笑地搖搖頭，說：「往上的另一個理由，是我突然想通現在第五研究部裡眞正挺我的人，或許只剩溫妮一個，若是溫妮出了什麼意外，就再也沒人罩著我了，我們一定得找出斐姊，請她出面主持公道。」

「可是……」傑克攀在狄念祖肩上，替他拭抹著狼頭咬痕上的血跡，此時狄念祖雙肩上那咬痕已不再淌血，且緩緩復元當中。「我們連大堂哥的辦公室都找過，就是找不到斐姊，現在只剩十一樓和十二樓，但十一樓是大堂哥家，月光小姐和聖美都在裡頭，我們眞的要闖進去？」

「不然怎麼辦？」狄念祖苦笑了笑。「不管是電梯還是逃生梯，最高只能通往十一樓，十二樓是大堂哥和斐霏專屬的休閒閣樓，大堂哥家裡另有通往十二樓的樓梯和電梯，藏匿斐姊最好的地方，應該就在十二樓。」

狄念祖說到這裡，已經被糨糊和石頭抬上了十一樓樓梯間，狄念祖躍下糨糊身子，只感到雙腿發出一陣劇痛，他一腿被威坎的手杖刀鞘穿過，另一腿被刀刃刺穿，且受到強烈電擊，儘管他體內有長生基因，這雙腿重傷一時間也無法復元。

糨糊推開安全門，門外是一條長廊，眾人順著長廊前進，轉了個彎，前方是一個數坪大小的接待廳，一側是露台，一側是大堂哥家門。

貓兒便靜靜站在大堂哥家門外。

CH05 十二樓的神祕研究室

「貓兒……」狄念祖遠遠見了貓兒，知道她必然是收到威坎的命令前來攔阻他的，他向前走了幾步，說：「妳聽我說，別信威坎、別信吉米，我能帶妳離開這裡。」

「別過來。」貓兒露出哀傷的苦笑，說：「五分鐘前，我收到的命令是——只要你接近袁先生家門，格殺勿論。」

「什麼？」狄念祖呆了呆，還是向貓兒走了幾步，說：「別這樣，酒老他們都還活著，我們一起想辦法離開這裡，好嗎？」

「狄念祖，別再過來，我不想傷害你！」貓兒語氣變得急促而尖銳。

「貓兒……」狄念祖連搖其頭，他見貓兒神情淒苦，但卻不像強邦、向城那樣六親不認，他問：「妳並沒有被洗腦，對吧，妳記得我，記得酒老、小次郎他們，對吧，妳……」

狄念祖說到這裡，腳又踏前半步。

「別……」貓兒嘴巴微張，像是還想勸狄念祖後退，但她的身子像是被啓動了開關般地向前暴竄，瞬間閃到狄念祖面前，右手化出銳爪，直取他的心窩。

「喝！」狄念祖料想不到貓兒說動手就動手，緊急閃身，卻沒能完全避開貓兒的銳爪，胸前至小腹被扒出兩條一長一短的深痕，鮮血噴泉般湧出。

「飯——」糨糊等小侍衛見狄念祖突遭襲擊，趕緊衝上前助戰。

貓兒揮動一雙利爪，幾道扒抓快如閃電，將石頭揮去的石臂和糨糊甩去的黏臂盡數斬斷。

此時的貓兒雙頰生出銀灰色細毛，臉上那「米」字烙印變得更加鮮紅突兀，雙耳位置向上挪移至接近頭頂，且尖尖地豎起，整張臉變得半人半貓，雙手化爲一雙銳利大爪，生著猶如夜叉一般的刀刃銳甲。

但貓兒的眼神看來依舊淒楚，她見到揮著斷手喊疼的糨糊，苦笑地說：「對不起囉，糨糊弟弟。」跟著她瞥見緊按胸口的狄念祖，神情更加內疚，但她正想要說些什麼時，身體卻搶在話語前頭，再次向狄念祖發動了攻勢。

更快、更加凶狠。

一記正面扒抓，直取狄念祖雙眼。

這次狄念祖即時壓低身子，避過了貓兒的扒抓，同時展開反擊。

他順勢向前，抱住了貓兒的腰，彎曲的雙膝瞬間上膛，然後同時爆發。

是一記全力發動的卡達砲前撲，狄念祖連同貓兒整個人如同火箭一般地向前竄去，轟地撞在數公尺遠的牆面上。

狄念祖與貓兒雙雙落地，兩人似乎都因爲這強烈的衝擊而步履蹣跚，但狄念祖受到的衝擊終究比貓兒輕微許多，更快站穩身子，但他胸口的傷口太大，這麼一撞，淌出更多鮮血，染紅了他全身衣褲，他感到一陣暈眩，連忙大喊：「糨糊——替我包紮！」

「飯……」糨糊在狄念祖還擊的同時，趁隙撿回了自己被貓兒斬落的黏臂，他聽見狄念祖的呼喚，立時跟上，見到狄念祖臉色蒼白地伸手在胸前指了指，立時會意，再次將黏臂變成紗布狀，將狄念祖胸前傷口緊緊綑實，阻止繼續濺血。

「狄念祖……」貓兒搖搖晃晃地站起，她雙臂低垂觸地，背脊微微彎弓，姿態如同一隻即將發動攻勢的大貓，但她的神情卻一點戰意也無，而是濃濃的絕望和無奈。「我問你……月光……也被洗腦了嗎？」

「嗯……」狄念祖深深呼吸，舉起雙臂，生疏地擺出拳擊防衛姿勢，儘管此時貓兒臉上並未帶著一絲殺氣，但經過剛剛幾次過招，狄念祖知道貓兒隨時能夠用利爪扒開他的胸膛或是抓斷他頸動脈。「不過，只是洗去了她的記憶，沒有改變她的人格。」

「那還好。」貓兒像是稍稍鬆了口氣——

她這麼說的同時，右爪瞬間扒近狄念祖鼻尖——被狄念祖以左手格開。

幾乎在同一時刻，貓兒左爪握拳，猛擊狄念祖右側頭部——全被狄念祖以拳槍堅臂擋下。

貓兒速度雖然快絕，但當狄念祖完全聚精凝神時，能夠輕易守下貓兒大多數攻擊。且能夠抽空回擊。

砰！貓兒右肩頭捱上一記卡達砲左刺拳，跟著是右胸和右腹各中一記左刺拳。

狄念祖以極輕但極快的卡達砲連發擊中貓兒三拳的同時，後退數步，他從貓兒的神情上看出她似乎有話想說。

「別……」貓兒的肩頭和肋骨似乎都受到了不輕的傷害，但她依舊採取主動攻擊的姿態，緊追上前，連續扒抓狄念祖的頭臉，揮爪而牽動肋骨的劇痛全寫在貓兒臉上，她的額上淌下豆大的汗滴，繼續說：「別讓她再……踏入……洗腦艙一步……」

「貓兒？」狄念祖見貓兒攻勢犀利依舊，但神情慘絕，忍不住問：「妳怎麼了？妳被洗腦了嗎？」

「應該是吧……」貓兒聽狄念祖這麼問，再也忍受不住，哀呼了幾聲，落下淚來。

「他們……保留了我全部的思想……但……每當我接到吉米和威坎對我下達的命令時，我的身體……便會自己行動，完全不受我的控制，直到……完成命令爲止……」

「什麼？」狄念祖這才明白此時貓兒說話和神情，與她身體動作就像是兩個不同的人。

狄念祖這麼一分心，肩頭立刻捱了貓兒一爪，再被她一腳踹中心窩，轟隆隆撞碎了一扇落地玻璃門，摔進接待廳的露台中。

「你們別過去，快退到我身後——」狄念祖見石頭一副想衝上去和貓兒拚命的模樣，立刻喊住他們，糨糊和石頭等小侍衛也乖乖聽話，隨著傑克一同退到狄念祖身後。

喀啦一聲，大堂哥家門打開。

是聖美和月光。

儘管這斐家寓所隔音極佳，但數次撞擊聲響還是引起了屋內聖美和月光的注意，她倆開了門，見到外頭對峙著的狄念祖和貓兒，都露出驚訝的神情。

「你們……」聖美和月光像是還不明白發生了什麼事，屋內已響起了陣陣電話鈴聲。

同時，通往十一樓的電梯門打開，數名大堂哥親衛隊奔湧出來，往這露台方向圍來。

另一頭，威坎和古奇等一批親衛隊成員，也自安全通道方向趕來。

「小子，你兩條腿已經傷了，我完成命令，現在只需要帶你去見袁先生，你投降吧。」威坎朝著露台上的狄念祖這麼喊。

「小狄……」傑克喵嗚幾聲，攀上狄念祖肩頭，在他耳邊說：「我看我們還是投降好了……」

「……」狄念祖抹了抹汗，皺眉思索幾秒，大聲對威坎說：「好，我投降！」

狄念祖這麼說完，突然又低聲對糨糊和石頭說：「你們剛剛的六合一，加我一個如何？」

「飯，你是說『七合一』？」糨糊這麼問，跟著立時轉頭跟石頭等小侍衛交頭接耳起來，又問：「你想當哪個部分？」

「他們人多，但比力氣，沒一個大過我……」狄念祖摀著胸口，低頭瞧了瞧，此時他胸前被糨糊黏臂化成的綑布緊緊包紮，已不再淌血。「但我血流得有點多，頭有點昏……」

「你們知道盔甲嗎？」狄念祖說：「做我的盔甲。」

「盔甲？」糨糊呆了呆，立時點頭。「我知道盔甲。」

糨糊等小侍衛們除了作爲主人的隨從之外，也能任意變形成各種武器供主人使用，他們天生就懂得各種武器、防具的結構，糨糊和石頭手拉著手，又抓著另外三個小侍衛，在狄念祖周邊繞起圈圈，突然拔地變化，覆上狄念祖全身。

只一瞬間，狄念祖像是穿上了一具外觀有如機械人般的厚重鎧甲，這鎧甲內裡是糨糊，外側是石頭。

「右手不必，左手多一點，石頭。」糨糊的聲音自狄念祖身上發出，他指揮著眾小侍衛，配合狄念祖的身體需求，調整鎧甲組成。

狄念祖的右臂由於有拳槍，因此無需鎧甲覆蓋，覆上了石鎧的左臂則粗壯得與右臂相若，拳頭前端還挺出一只尖刃，那是小侍衛湯圓化成的匕首。

「威坎爺，他……」古奇見狄念祖在露台與小侍衛合體成了個怪東西，不由得有些狐疑，湊在威坎耳邊說。「他不像是想投降的樣子。」

「嗯。」威坎向眾親衛隊成員和貓兒比了個手勢，下令：「把他打下樓，讓大和收拾他。」

「這……」貓兒神情有些猶豫，但她的身子已經立時行動，風一樣地竄過眾人身邊，往露台上的狄念祖衝去。

威坎也領著眾人，往露台攻去。

「保護好你們的本體。」狄念祖這麼說的同時，左拳虛擊幾拳，逼開竄來的貓兒，再以拳槍朝著逼來的親衛隊成員連開數槍。

「小狄，你們只顧著自己合體，忘了我吶！」傑克攀在狄念祖肩上嚷嚷怪叫，突然感到腳下一滑，落入狄念祖後背鎧甲一處箱型突出物的凹槽中。

傑克驚駭之餘穩住了身子，雙爪攀在凹槽邊緣探頭出來，只見這凹槽大小剛好符合他的體型，知道這是糨糊和石頭特製給他的落腳空間，不禁感激叫嚷：「好兄弟，沒忘了合體也有我一份！」

「不客氣！」糨糊的回答聲自傑克腳下發出，狄念祖這身鎧甲後方的箱型構造，藏著糨糊和石頭的本體，外頭有尖刺保護，側邊探出持有武器的黏臂作爲護衛。

「哇——」三名一擁而上的親衛隊成員，接連被狄念祖的卡達砲擊中，一個被擊落下樓，一個給打趴在地，另一個給轟回廳中，癱倒不起。

狄念祖與貓兒、向城和強邦戰鬥時，顧及舊情，下手有所保留，但他對這些陌生傢伙可沒太多憐憫。

石頭仿照著狄念祖右手拳槍，將他左手那石鎧護臂造得和他右手拳槍有些類似，狄念祖挺著兩隻粗壯大臂，卡達砲刺拳左右連擊，逼得貓兒和親衛隊成員們無法近身，偶爾有幾隻傢伙繞到狄念祖身後，也攻不進固守鎧甲後方的糨糊和石頭甩出的黏臂和石臂。

「準備好了嗎？我們衝進去。」狄念祖見這戰術有效，便打算一路攻進大堂哥家中。

但他只向前幾步，突然斜前方一道銀光迎面襲來，他連忙閃身躲避，那銀光擊碎他胸前鎧甲，鎧甲片片碎落，全讓糨糊伸出黏臂接著，重新黏回身上，讓石頭使碎片接合復原。

「嘖！」狄念祖朝那銀光襲來之處亂擊幾拳，只見那人影閃動飛快，比貓兒還快，他只好向後一躍，仔細看去，那人是聖美。

「蘇菲亞，幫我！」聖美右手持著玉兒變化成的銀槍，左手舉著寶兒化成的大盾，加入戰局，和貓兒一左一右圍攻狄念祖。

「……」月光還在廳裡，提著米米化成的戰斧，遲疑不決。

「石頭，你看，那個是公主！」糰糊的聲音自狄念祖後背傳出。「公主剛剛進門，現在又出來啦，咦？她拿著斧頭，她要跟飯打架嗎？」

「什麼？」傑克聽見糰糊說話，連忙溜出鎧甲座艙，攀上狄念祖肩頭，只見月光遠遠望向這兒，感到有些不妙，但見聖美手上那柄長槍刺得又急又快，腳下一滑，又滾回座艙之中。

聖美第一次在奈落與狄念祖戰鬥時，打的是近身戰，那次她傷重慘敗，此次便讓玉兒化成長槍，遠遠疾攻。

狄念祖腳步雖然不及聖美，但他仗著卡達砲刺拳又快又重，加上一身侍衛鎧甲，便不畏懼聖美手上那柄銀槍，一路只攻不守，聖美繞到哪兒，他的卡達砲刺拳就轟到哪。

砰砰——

狄念祖逮著個空檔，向聖美開了兩槍，跟著向側一衝，衝破一扇玻璃門，奔回廳中，直直衝向大堂哥家門。

「月光，讓開——」狄念祖大吼。

「飯，爲什麼你……」月光仍然呆立原地，突然聽見露台上聖美高呼一聲。「蘇菲亞，攔下他！這是大哥的命令！」

月光聽了聖美呼喊，本能地抬起手，托著了正要奔過她身邊的狄念祖的下頷，跟著出腳一拐，將狄念祖放倒在地。

「公……」「公主！」糨糊和石頭本以爲狄念祖衝向月光，是想帶著月光逃跑，哪知道月光竟出手攻擊他們，不禁錯亂起來。

「媽的！」狄念祖翻身站起，迴身數拳，逼退追上的聖美和貓兒，也不理會月光，雙膝一彎，卡達砲發動，整個人火箭般彈進大堂哥家中。

狄念祖撞進大堂哥家中玄關，在地上翻了兩圈，掙扎站起，正想試著回想溫妮傳給他的地圖，想找通往十二樓的內梯，突然感到身上的鎧甲不受控制。

「飯，爲什麼公主打我們？」糨糊呀呀怪叫起來。「飯，你現在是公主的敵人嗎？」

「不……」狄念祖正想扯些謊話哄騙糨糊，聖美和貓兒已經追了進來，長槍連擊，狄念祖只好專注閃避。

月光也跟了進來，持著戰斧跟在聖美身後，卻不知該不該對狄念祖出手。

「蘇菲亞，妳還在猶豫什麼？」聖美怒叱幾聲，突然將手上的長槍和重盾高高一舉，尖聲吆喝：「寶兒、玉兒，給我雙劍，你們一起上！」

聖美這麼喊完，雙手猛地抽回，分別自寶兒和玉兒身上抽出一雙銳劍，朝著狄念祖猛攻而去。

寶兒和玉兒也同時左右夾攻。

「喝——」狄念祖見聖美棄下重盾和長槍，速度又向上提升一階，一時心神慌亂，不知該先擊倒聖美和貓兒，或是繼續探找通往十二樓的內梯。

他才略一遲疑，聖美已經殺到身旁，雙劍閃電般擊來，狄念祖勉強舉起石臂亂擋，只感到左臂一陣刺痛——寶兒化出的銳劍遠較石頭軀體堅硬，能夠輕易刺穿石頭大臂，傷及胳臂。

「痛啊！」糨糊也同時尖叫，這副鎧甲是他和石頭協力造出，外層是石頭，內裡是糨糊，聖美這劍等於同時刺穿了石頭、糨糊和狄念祖的身體。

然而聖美卻未拔劍，而是放任那銳劍刺於狄念祖左臂中，持著單劍追擊，抽了個空檔又自寶兒身上取出一劍。

狄念祖在大堂哥寬闊客廳當中且戰且走，企圖以客廳中那些名貴裝飾擺設作爲掩護，拖慢聖美和貓兒的追擊。

但聖美出劍又快又準，精準地削過花瓶邊緣，劈砍躲在後頭的狄念祖，狄念祖臉頰中劍，驚呼一聲，順手撥倒那花瓶，向後退逃。

「狄念祖頭低下——」

狄念祖聽見那尖銳喊聲的同時，本能地矮下身，只感到腦門上一陣暴風掠過，連忙轉頭，原來貓兒已繞到了他身後襲擊。

那喊聲正出自於貓兒。

「左肩、左腰、左臉！」貓兒說話的同時，右爪先是朝著狄念祖肩頭猛扒一記，跟著順勢膝頂狄念祖左腰，跟著高踢他左臉。

由於貓兒的提示聲音比動作快上半分，狄念祖因而盡數擋下。

「貓兒……」狄念祖知道貓兒腦袋受到改造，會身不由己地執行命令，但他卻未料到貓兒會出聲提示，不禁心生感激，正想說些什麼，只聽貓兒尖呼一聲。「後面！」

狄念祖猛地警覺必定是聖美持劍追擊，連忙側身要閃，但已慢了半拍，右肩也中一劍。

「踢你肚子！」貓兒再次提示，但中劍的狄念祖反應不及，腹部結結實實地捱了貓兒一腳，所幸他腹部也有石頭鎧甲覆蓋，受傷不重。

狄念祖站定腳步，連出數卡達砲刺拳，逼退聖美和貓兒，只覺得雙手劇痛，原來聖美第二劍也未拔去，深深刺在狄念祖右肩中，他順手要拔劍，卻感到兩柄劍埋得極深，仔細一看，劍刃上竟生著倒刺。

只見聖美又從玉兒身上取出一劍，再次襲來。

「媽的！好混蛋的戰法！」狄念祖怒罵之餘，舉起右臂對著聖美連開數槍，他脾氣一來，索性在奔跑中讓雙膝上膛，加快奔勢，幾步奔入廚房，一把將餐桌也給翻了，但見追上的寶兒和玉兒並未攻擊他，而是去接那餐桌。

狄念祖登時醒悟，知道聖美和月光在大堂哥家，雖爲護衛，但也同時是奴僕，對主人居家環境有一定的維護責任。

一想及此，狄念祖伸手便將流理台上的微波爐、鍋碗瓢盆，和幾盆洗淨切齊的青菜水果等全掀了個飛天，隨手抓著什麼，便往聖美和貓兒亂擲——讓肘關節上膛之後再擊發的「卡達扔」，以廚房裡的刀叉碗盤作爲彈藥，威力可不容小覷。

狄念祖一面扔著廚具，閃身到了那巨大雙門冰箱前，雙著扒著那雙門大冰箱上，雙臂發力，想將冰箱一把撥倒。

轟隆一聲，本來幾乎要給翻倒的冰箱，翻到了某個角度卻陡然止住，就像是被什麼東西卡著了一般。

「飯，你到底在做什麼？」是月光擋下了冰箱。

「我……」狄念祖一時無語，放開了冰箱，起腳將幾張木椅踢向聖美，跟著一把抓住月光的手，拉著她走。

「快告訴我，斐姊在哪？」狄念祖拉著月光奔出幾步，急急地問：「袁正男跟斐霏把斐姊怎麼了？」

「斐姊？我不知道？」月光連連搖頭，她見狄念祖拉著自己，要往大堂哥臥房方向奔，連忙出力抵抗。「飯，別亂來——」

「飯！公主叫妳別亂來！」糨糊聽見月光這麼說，立刻反應在狄念祖一身鎧甲上。

「唔！」狄念祖突然感到全身僵凝凍結，是糨糊和石頭察覺到他的行動違逆了月光的意願，開始抵制他的動作。

便只這麼一個停頓，緊跟在後的聖美雙手一送，兩柄銳劍直直刺入狄念祖後背。

「快蹲下！」貓兒的尖叫響起，但她在呼喊同時發動的一記旋踢，在她語音未歇前，便重重轟在狄念祖後腦上。

「哇啊！」狄念祖中劍時，便奮力曲膝，腦袋捱著貓兒一腳的瞬間，也猛然發動雙腿卡達砲，讓身子順勢向前飛竄，整個人蹦飛數公尺遠。

「飯，你爲什麼跟公主作對？」糨糊尖聲叫嚷，和石頭化成的鎧甲在空中解體，傑克則抱著頭翻滾摔出，抱著狄念祖的頸子尖叫。

身上插著四劍的狄念祖，則是重重撞在牆上，狼狽落地；他咳著血站起，扶著牆繼續跑，再一次彎膝飛縱，轟隆撞在數公尺外的一條廊道裡，他抬起頭，望著前方一處轉角，腦海裡浮現溫妮傳給他的地圖。

眼前那條小梯，應當就是通往十二樓的內梯。

他鼓盡最後的力氣，彎低身子，讓雙膝上膛，猛地向上一蹦，躍上那內梯盡頭。他見到這閣樓廊道中有三道門，其中一道是設有電子鎖的金屬門，便想也不想地從口袋掏出溫妮給他的感應門卡，那是斐姊的感應卡，能夠開啓斐家寓所裡任何門鎖。

聖美的追擊如風似影，已經趕到內梯底下，狄念祖連忙以感應卡打開那金屬門，閃身進去，將門關上，倚著牆緩緩坐下。

「小狄、小狄！」傑克這才自狄念祖身上躍下，檢視他身上傷勢，見他身中四劍，雙腿、胸膛都受了重傷，不禁替他難過，嗚咽起來。「笨小狄，早叫你投降了，老威坎要打斷你兩條腿，你就讓他打嘛，現在搞成這樣，身體被插得像個刺蝟似地，不是更慘更痛嗎？笨小狄……」

「開門！快出來，你不應該進去！」門外傳出聖美的拍門聲。

「他們上來了，小狄！」傑克連連拍打狄念祖的臉，但狄念祖一點反應也沒有，傑克嚇了一跳，探探狄念祖鼻端，尚有氣息，想來是劇痛加上疲勞，更加失血過多，暈了過去。

傑克一時之間莫可奈何，躲入門邊一處矮櫃後頭半晌，只聽那拍門聲雖未停歇，但聖美便是沒有進來，心想這扇門或許只有大堂哥、斐霏，以及斐姊的門卡才能夠開啓。

傑克便探身出來，仔細打量起四周。

這是個十來坪的實驗室，四周燈光昏暗，正中央擺放著三具長形艙箱，艙箱上的儀表板閃爍著青藍色的光芒。

傑克躡手躡腳地走近那艙箱，縱身躍上艙箱邊緣，差點驚呼出聲，艙箱外圍罩著一層透明玻璃罩，躺在裡頭的那人，正是斐姊。

斐姊口鼻處罩著一只氧氣罩，全身上下僅穿著一件青色手術袍，靜靜躺在艙箱之中，她的雙臂各自接著數條細管，與艙箱內側的儀器連結。

此時的斐姊像是進入深眠狀態一般靜靜睡著，對門外聖美接連的拍門聲全無反應。

傑克跟著跳上第二座艙箱邊緣，朝裡頭看，是斐少強，和斐姊一樣沉沉睡著。

第三座艙箱，則空無一物。

「嗯？」傑克歪著頭想了想，自言自語起來：「我知道了，這是給斐姊另一個弟弟用的……小狄，我認爲你和溫妮猜測得沒錯，斐霏應該是被洗腦啦，否則，她不可能這麼做的……小狄、小狄？」

傑克回頭，見到狄念祖仍癱暈在門旁，便躍回狄念祖身邊想拍醒他，但聽得外頭一陣腳步來勢洶洶，趕緊又鑽入一旁的矮櫃後頭躲著。

喀嚓一聲，金屬門打開。

進來那人，是斐霏。

傑克縮在矮櫃後，大氣也不敢喘一聲。

斐霏一進門便發現暈死在門旁的狄念祖，她用腳蹬了蹬狄念祖的臉，見他毫無反應，便喊來聖美，要她將狄念祖帶出房。

斐霏走近躺著斐姊和斐少強的那兩具艙箱，朝著裡頭凝視半晌，神情複雜。

「大姊、小弟，對不起。」斐霏喃喃自語：「正男說，等他擊敗袁唯之後，就讓你們醒來，一家人好好過日子……」

CH06 康諾博士

滋滋——

滋滋——

自後頸劈入全身的劇痛，讓昏睡中的狄念祖睜開了眼睛，哀號起來。

他從一張金屬床上滾下了地。

站在他面前的，是吉米。

他甚至還沒看清楚眼前那人就是吉米，便讓他迎面踹了一腳。

「哇……」狄念祖給這一腳踢得鼻血直流、眼冒金星，整個人撞在金屬床邊。

「呵呵！」吉米把玩般地拋著一只控制器，見狄念祖認出了他，便嘻嘻一笑，按下那控制器的按鈕。

「哇！」狄念祖再次感到一陣激烈的電流自後頸上炸開。

他總算想起自己後頸上還裝著電擊器，那電擊裝置是他在黑雨機構被袁唯擊敗之後，在接受醫療階段時順便被安裝上的控制儀器。

「眞是……」吉米嘿嘿笑著，走到狄念祖面前，抬起腳，用皮鞋鞋底抹拭著狄念祖臉上的鼻血。

「我去你的……」狄念祖勃然大怒，撐著身子站起，揚起拳頭就往吉米臉上揮去。

啪！

吉米沒閃也沒避，只是側著臉捱了狄念祖這一拳。

「哎喲……哎喲……」吉米後退幾步，摀著臉，對坐在一旁的趙水抱怨：「有點疼呢，是哪裡出了問題？」

「沒出什麼問題。」趙水冷冷地對吉米說：「你身上的強化基因需要一週時間才能完全發揮效用，我替他注射的綜合藥劑，只是抑制他體內那些特異基因，基本上他還是具有一個成年男人應有的體力，要不是他身上的鎮靜劑效力還沒退，這一拳應該也能讓你見紅。」

趙水說完，瞅著狄念祖笑了笑，說：「好小子，聽說你昨天在這地方大幹一場，我還在想究竟發生了什麼事，要我特地從奈落趕來這裡，原來又是你這小子，你到哪，哪就不平靜。」

「……」狄念祖見趙水也來了，聽他那番說詞，知道必定是斐霏下令將趙水也調來對付他了。

「呸！沒錯，這小子真是個麻煩製造機。」吉米哼哼地埋怨幾句，再次走到狄念祖面前，電了他幾下、踹了他幾腳，這才心滿意足地將一條毛巾抛在狄念祖臉上，說：「把臉擦乾淨，有人想見你。」

狄念祖被電得癱軟無力，根本不想理會吉米的吩咐。

「喲？」吉米見狄念祖不聽他的指示，便又舉起控制器，一下又一下地按著放電按鈕。

「你們還沒好嗎？」斐霏的聲音，自擴音設備中發出。

趙水按下桌上一具電話的通話鍵，拿起話筒答：「我的部分已經完成了，吉米倒是欲罷不能。」

「好了、好了，我測試好了！」吉米聽見斐霏和趙水的對答，連忙奔去趙水桌邊，搶過話筒，急急地說：「斐霏小姐，狄念祖那小子很倔強，我管不動他呀！不過我會盡力的。」

「吉米。」斐霏的聲音聽來冷若冰霜。「如果趙水的藥物有效，狄念祖現在應該手無縛雞之力，我並沒有要你管教他，我只是要你把他帶來，如果他走不動，你就用揹的，你對他做了我要求以外的舉動嗎？」

「不不不……不不……」吉米連連搖頭，陪笑說：「我只是測試一下這控制器，新機器，總是要試看看是好是壞嘛，呵呵……」

「你聽著，我不想聽你多說一個字，現在立刻帶他來。」斐霏說：「我的耐性很有限。」

斐霏說完，立時便切斷了通話。

「是……是是！」吉米對著電話鞠了個躬，立時吆喝起來：「快來人啊，把他臉弄乾淨，搬上輪椅。」

兩名研究員聽了吉米呼喊，立刻趕來，七手八腳地將狄念祖扶上一只輪椅，替他擦去臉上的血跡。

狄念祖留意到自己的左臂給鎖上一只菸盒大小的金屬盒子，那盒子看來像是某些特殊儀器，他伸手扳了扳那盒子，感到手臂有些痠疼，他略微研究了這盒子的固定方式，才發現這盒子四角的金屬螺絲穿過他手臂肌肉，與胳臂另一邊的金屬片鎖在一塊。

「裡頭是藥。」趙水望著狄念祖，說：「那東西會定時自動注射藥物到你的體內，抑制你身體裡的極速獸化基因、卡達蝦基因跟拳槍基因，現在的你，就跟一般人沒有什麼兩樣，我勸你安分點，否則有人很樂意給你苦頭吃。」趙水說到這裡，指了指吉米。

「我知道了……」狄念祖望了吉米一眼，低下頭來。

「哦，知道要乖啦。」吉米見狄念祖低頭，不禁開心起來，笑呵呵地走到狄念祖面前，將鞋子踏在他膝上，指了指上頭染著的血跡，說：「給我舔乾淨。」

「……」狄念祖嘟囔兩聲，喉間發出咕嚕嚕的聲音。

「什麼？我沒聽清楚。」吉米將臉湊近些。

「吉米……我有個……重要的事情，要告訴你……」狄念祖低聲說。

「什麼？重要的事情？」吉米呆了呆，正想開口問，狄念祖突然抬起雙手抓住了他的衣領。

「你當狗的樣子真是噁心——」狄念祖揪著吉米衣領，猛地自輪椅上一蹬，使盡吃奶的力氣，將額頭撞在吉米鼻子上，這記頭錘雖然沒有卡達砲威力加持，但也讓吉米哀號一聲，摀著鼻子摔倒在地。

「來來來——」狄念祖一擊得逞，爽快地坐回輪椅，微微舉起雙手，對身旁兩個嚇著的研究員說：「沒事、沒事，繼續做你們該做的事。」

兩名研究員立時取來鐐銬，將狄念祖的雙手和雙腳都銬在輪椅上。

「你這混球——」吉米自地上翻起，抹了抹臉，發現自己也給撞得一臉鼻血，不禁勃然大怒，上前揚起手就想打狄念祖耳光，卻被研究員拉開。「斐霏小姐要人，你還在這邊跟他鬧？」

「來來來，怎麼不打呢？」狄念祖大聲嚷嚷起來：「你這條狗，我現在跟你單挑，我雙手雙腳綁著讓你打呢，不敢啊？汪汪汪！跟你說狗話你聽得懂嗎？你這狗奴才，狗比你忠心太多，你連狗都不如——」

「安靜！」兩名研究員聽狄念祖罵不絕口，就怕吉米一怒之下又要抓狂，趕緊推著輪椅向外走。

吉米持著電擊器跟在後頭，聽狄念祖沿路大罵，只氣得七竅生煙，忍不住按了一下電擊鍵。

「哇！好痛啊，我要死啦，我不能去見斐霏跟袁正男啦，吉米這狗雜種想活活把我電死啦——」狄念祖誇張尖叫起來，他轉過頭，見吉米氣得臉色紅漲、怒眼圓瞪，知道他受了斐霏命令，不敢不從，便有恃無恐，沿路罵個不停，還不時回頭對吉米吐口水，途中也捱了不少下電擊。

半晌之後，研究員將他推到了本部園區一棟不起眼的建築前。

那是棟灰白色三層建築，外觀看起來有如一處老舊的公家機關，狄念祖知道這個地方，傑克和溫妮都曾向他提及過，這是第五研究本部的囚禁所，除了地上三層之外，深入地底的七層建築才是囚禁所的核心地帶。

囚禁所裡有直接與蟻虎巢穴「惡魔之腸」相連的窗口，一些沒有價值的俘虜會直接被扔進惡魔之腸中，成為蟻虎的食糧。

據傑克說，當初大堂哥的親密愛寵便是在這間囚禁所中，被斐霏帶著研究員在大堂哥面前改造成了一頭怪物。

「……」狄念祖見到自己被推到了這建築，不禁倒抽了一口冷氣，不知接下來又要受到什麼折磨了，他一時間感到有些委屈，心想自己的楣運不知要到哪天才會終結。

兩名研究員推著狄念祖走進這棟建築，推著他進入一台電梯之中，滿腹怒火的吉米也跟進電梯。

狄念祖和吉米大眼瞪著小眼，一個擔憂接下來的酷刑，一個肩負著命令不敢造次，擠在這小小空間裡頭，反而誰也不再觸犯誰了。

電梯持續向下，一股濃濃的消毒水氣味逐漸瀰漫開來。

電梯在地下三樓停下，兩名研究員將狄念祖推到了一間審問室前。

門打開，狄念祖咦了一聲，四坪大小的審問室正中擺著一張小長桌，斐霏坐在長桌近門這端，對面坐著一名白髮老人。

斐霏瞥了腕上手錶一眼，跟著望向吉米，一語不發。

「斐……斐霏小姐，這個……都是那狄念祖，他一點也不配合，他攻擊我……」吉米連忙喊冤，指著自己的鼻子辯解說著：「這才耽誤了一些時間。」

斐霏將目光轉回狄念祖臉上。

狄念祖的雙眼與斐霏那冷峻的眼神對上，也感到有些驚恐，他低下頭，放鬆全身，讓身子顯得更加癱軟，說：「我……我睡得迷迷糊糊，眼睛一睜開他就衝過來打我，我忘記吉米現在是你們的人，所以才還手，眞的很對不起……」

「狄念祖，你好樣的！」吉米聽狄念祖此時的態度與剛剛截然不同。

「我沒要你說話。」斐霏瞪了吉米一眼。「出去，這裡沒有你說話的份。」

「是……」吉米咬牙切齒，心不甘情不願地與兩名研究員退了出去。

「闖進你們家裡的事……我可以解釋……」狄念祖急急地說。「我……我是不得已的。」

「這件事我已經知道了。」斐霏打斷了狄念祖的話。「溫妮全招了。」

狄念祖聽斐霏使用「招了」這詞，不禁打了個冷顫，不知溫妮受到什麼樣的對待。

「現在你要做的，是破解你父親那份加密檔案。」斐霏冷冷地說：「這是你唯一的任務，完成就是活，失敗就是死。」

「……」狄念祖聽斐霏毫不掩飾語氣中的威脅，心中雖然不悅，卻也莫可奈何，斐姊躺在斐家寓所十二樓的特製實驗室裡，溫妮生死未卜，月光依舊傻呼呼地待在大堂哥家中伺候著這對夫妻，自己全無討價還價的空間，他想了想，只好說：「我會盡力完成這個任務。」

「很好。」斐霏點點頭，站起身，指了指狄念祖對面那白髮老人。「康諾博士有話想對你說。」

「什麼！」狄念祖哇了一聲，料想不到眼前這白髮老人，竟然就是他耳聞許久的康諾博士。

「這……」狄念祖一時不知如何反應，正想發問，卻見斐霏理也不理，自個兒步出這審問室。

喀啦，鐵門關上，室內寂靜無聲。

「嗯……博士。」狄念祖與康諾四目相對半晌，見康諾只是似笑非笑地望著他，只好自己先開口。「久仰、久仰……如果可以的話，我很樂意與你握手。」狄念祖這麼說，還以眼神望了望自己那被銬在輪椅上的雙手。「嗯……你，你懂中文嗎？」

「你就是狄國平的兒子，我知道你。」康諾陡然站起身，繞過長桌，來到狄念祖身旁，伸出一雙大手按了按狄念祖的頭，又捏了捏他的手臂，說：「他們把你銬成這樣，這表示你很危險？孩子，你很危險嗎？回答我。」

「……」狄念祖讓康諾的行徑搞得哭笑不得，這才發現康諾比他想像中來得高大許多，更令他驚訝的是，康諾博士簡單幾句話，竟一點外國口音也沒有，就像是個土生土長的台北人。「博士，我如果閉著眼睛和你對話，絕對無法想像你是個德國人。」

「我會說三十多種語言。」康諾瞪大眼睛，豎起拇指，指了指自己胸膛，得意洋洋地走回狄念祖對面坐下，摸摸自己的白鬍，抖抖那件老舊卻整潔的襯衫，推了推臉上的銀框眼鏡，突然咧開大嘴露出一口白牙，哈哈大笑起來。「你別佩服我，不是我用功，我自己花心思學習的，只有我的母語德語、英語和一點點的中文和日文。」

康諾指了指自己的腦袋。「我改造了這裡。」

「原來如此。」狄念祖恍然大悟，康諾對自己的腦袋進行了洗腦或是其他改造工程，讓他獲得能說多國語言的能力。

「你覺得，這樣好還是不好？」康諾這麼問。

「我不明白你的意思。」狄念祖答。

「孩子，我是指，我們所擁有的力量，你認爲這是一個人類應該具備的能力嗎？」

康諾這麼說：「我說得更明白一點，你會因爲你具有了比其他人更強大的力量，而產生優越感，開心愉悅，因此想要變得更強嗎？即便，你現在是如此危險，你還希望自己變得更危險嗎？」

「唉……」狄念祖苦笑著搖了搖頭，說：「我一點也不危險……」

「之前許多日子，我確實希望自己變得更強，但我的目的並不是炫耀，博士，你應該知道現在的世界，或許連能夠讓我炫耀這種力量的朋友都快要找不到了。袁唯殺了很多人。」狄念祖正經地說：「我希望自己擁有力量，只是想要活下去。讓我自己、讓我的朋友們能夠活下去。力量對我而言，只有這個意義而已。」

「你說得沒錯，孩子。」康諾點頭微笑，說：「你們有句話，『水能載舟、亦能覆舟』，力量也是一樣，能用來救人，也能用來害人，杜恩將力量用在滿足自己的私慾之上，我用力量與他對抗，這些年來，我們都漸漸老了。」

「或許當時我不應該離開，那樣一來，我反而能夠以核心研究員的身分，待在聖泉，手握巨大的資源，培植自己的勢力，在關鍵的時機出手阻止杜恩。在我離開之後，聖泉反而一日日坐大，等我後悔時，已再也沒有力量阻止我的老友了。」康諾感慨地說。

「嗯……」狄念祖點點頭，他確實有許多問題想直接詢問康諾，包括關於第二座聖殿神宮，以及傑克口中的「深海戰力」，但他嘖嘖幾聲，抬起頭望向這審問室四周，幾只監視攝影機便大刺刺地架設在天花板上。

「孩子，我聽說你的父親和母親都在與聖泉對抗的過程裡，失去了生命。」康諾望著狄念祖，說：「連你也被牽連進來，當我從綾香、勝舟口中得知有關你的事情時，就想要見你一面，聽聽你的聲音。孩子，你恨把你捲入這災難的我們嗎？」

「……」狄念祖沉默半晌，苦笑了笑。「我曾經很恨，不過以袁唯作亂的規模來看，被牽連進去的人太多了，就算你們派來的那隻笨貓沒搞到我，我未必能夠逃得掉。」

「很好。」康諾站起身，雙手按在桌沿，目不轉睛地盯著狄念祖，說：「我現在正式邀請你，加入我們。」

「呃？」狄念祖呆了呆，不解地問：「博士，我不明白你的意思。」

「加入我康諾的陣營，共同對付杜恩、對付袁唯。」康諾這麼說。

「嗯……我一直很希望打倒袁唯，他是個瘋子，我討厭他。」狄念祖搖頭苦笑。

「不過……我還是不明白你的意思，你看看我現在的樣子，還有你的樣子，我們都是斐家的階下囚，是他們的俘虜啊。」

「我已經答應和第五研究部合作了。」康諾這麼說。

「什麼?」狄念祖有些訝異，問：「和他們合作?怎麼合作?」

「我能夠幫助他們，製造出更強大的生物兵器。」康諾笑著說。「六天之後，迎戰袁唯。」

「爲什麼突然……」狄念祖依舊一頭霧水，此時康諾的說詞，與先前傑克轉告給他的計畫，大不相同，但監視器便架設在離他腦袋數公尺上，他便也不多問。

「孩子。」康諾將身子向前探了探，雙肘抵在桌上，望著狄念祖的雙眼。「無論如何，不要放棄。」

「嗯?」狄念祖搖搖頭，笑了笑：「放棄什麼?我一無所有。」

「他們說，你有個一直在保護的人。」康諾雙手一抬，朝狄念祖比起一對大拇指。

「……」狄念祖默默無語。「我現在的處境，恐怕是自身難保啦。」

「不要放棄。」康諾這麼說：「不管是那個人，還是你自己，還是狄國平的那份檔案，我希望你都別放棄，只要不放棄，就有希望——」

「孩子，我只能告訴你，杜恩並非無敵……」康諾意味深長地說：「雖然他腦袋裡的技術超越地球上任何人，但不論是他還是袁唯，或者是他們所打造出來的軍團，都有著缺陷，那是我們獲勝的關鍵，你要記住。」

「缺陷？」狄念祖問：「什麼缺陷？」

「你得用心去體悟。」康諾微笑地說：「到那時候，你會發現的。那才是我們所擁有的眞正的力量，也是最大的力量。」

CH07 三天

狄念祖結束了與康諾的面談。

一名斐霏的心腹祕書將狄念祖接出審問室，解開他輪椅上的鎖銬，帶領他乘車返回斐家寓所。

「昨天我等著你呢。」大和雙手交叉，雄赳赳地立在一樓大廳正中央，望著被斐霏祕書帶入斐家寓所的狄念祖。「你打傷了我一票兄弟，我很想會會你。」

狄念祖見大和身高極高，又是半人馬體型，這副身子擠不進電梯，難怪昨天那場激戰，不見這三號禁區的第三號人物大和。

此時狄念祖也懶得和大和多費唇舌，一語不發地隨著祕書步入電梯。

電梯裡，貓兒仍然擔任著電梯小姐的職務，她見狄念祖傷勢幾乎痊癒，只是手臂上給裝了個怪東西，便問：「你的傷全好了。」

「是啊。」狄念祖苦笑了笑。「我身體裡有長生基因嘛。」

貓兒微笑點頭，笑裡盡是無奈。

「別這樣。」狄念祖打了個哈哈。「我剛剛見過了康諾博士，他說了和我一樣的話。」

「什麼話？」貓兒問。

「不論如何，別放棄。」狄念祖說。

電梯抵達十樓，祕書帶著狄念祖步出電梯，只一天時間，本來空曠的十樓，已經搬入一批辦公用具，也有十數名工人正忙碌地替整層樓進行簡單裝潢。

那祕書領著狄念祖，轉入一間落地窗邊，經過簡易布置的個人辦公室。

那辦公室有六坪大，裡頭還另隔出一間半套衛浴。

斐霏坐在辦公桌前若有所思，一見狄念祖進來，便說：「你需要多少時間？」

「啊？」狄念祖愣了愣，搖搖頭。「我不懂妳的意思。」

斐霏將桌上那台筆記型電腦翻轉朝向狄念祖，那是溫妮給狄念祖的客製筆電。

螢幕上顯示著「火犬獵人」的遊戲畫面。

「你父親那份加密檔案，你還需要多久才能解開？」斐霏問。

「我不清楚……」狄念祖這麼說：「或許很快，也或許還需要一段時間。」

「三天。」斐霏說。「我只給你三天時間，這三天裡，你只能在這房間裡活動，我會派人負責你三餐，三天一到，你解不開密碼，我會把你交給吉米，讓他催你。」

「這……」狄念祖攤了攤手，說：「我也希望儘快解開那爛東西，但需要多少時間，不是我能夠控制的。」

「不只是你。」斐霏只是笑了笑，補充說：「我會把她，也交給吉米。」

「我不懂妳的意思。」狄念祖臉上微微變色。

「你懂的。」斐霏起身，走過狄念祖，拍了拍他的肩。「聽說你在奈落有機會離開，但你寧願回頭，我相信你絕對不願讓她落在吉米手裡，對吧。」

「什麼……妳說什麼！」狄念祖感到一陣毛骨悚然，他急急地問：「妳想對她怎樣？」

斐霏冷笑幾聲，說：「這三天，我讓她當你的傭人，伺候你起居，算是我對你的恩賜了，你好好珍惜這三天，我相信你絕對捨不得讓這天堂變成地獄，對吧。」

斐霏說完，轉身就走，狄念祖趕忙上前想拉住她問得清楚些，卻被那祕書一把揪住，摔在地上。

「等等、等等！」狄念祖撐身站起，那祕書已將門重重關上，狄念祖奔到門邊，發現那門已上了鎖。

現下他受制於趙水調配出的抑制藥物，一身能夠匹敵阿修羅的力量完全施展不出，這厚實門板對他而言，便如同長城一般將他與外界隔絕。

他抓頭發愁半晌，仔細打量了這辦公室，發現他在那管理室裡的私人用品，全給打包擺在桌邊，一旁櫃子裡還擺著棉被，讓他得以在沙發上睡覺，看來這三天眞的要在這裡度過了。

「爲什麼是三天？」狄念祖在辦公室中繞圈，仰頭大喊：「斐霏小姐，我能和妳說話嗎？我有事想問妳，斐霏小姐，我得花點時間向妳說明我爸這遊戲的構造，這東西並不像妳想像中那麼簡單……我保證我會盡力，但我眞的不確定三天能夠完成它，斐霏小姐、斐霏小姐……」

狄念祖翻箱倒櫃，找了半晌，也沒見著一只針孔攝影機，天花板上甚至還是毛胚狀態，僅接著簡陋的小燈，加上室內幾盞立燈作爲照明。

這是臨時隔出的辦公空間，斐霏並未下令在裡頭裝設監視設備。

「三天……爲什麼是三天？」狄念祖越想越是毛躁，來到辦公桌前坐下，拉回筆電，繼續鑽研，但他靜不下心，一想起吉米那得意面容，便怒火上升，不久前他才和吉米撕破臉，要是三天後自己和月光眞的落在吉米手裡，吉米肯定要用盡一切花樣來羞辱他和月光了。

那肯定是一個比地獄還要恐怖的世界。

「混蛋！混蛋、混蛋、混蛋！」狄念祖一想至此，再也忍受不住，憤怒大吼起來，揮拳猛敲辦公桌、大力踹牆，還搬起牆角一盆裝飾盆栽，重重摔在一只擺著雜糧零食的玻璃櫃上。

碎玻璃、食物、盆栽轟隆隆地炸成一團，嘩啦啦散落一地。

門打開了。

月光走進來。

糨糊、石頭、米米、皮皮、小怒、刺針、湯圓全擠了進來。

「呃！」狄念祖愣了愣，一時間不知該說些什麼。

「飯，你在幹嘛？」糨糊見狄念祖站在碎裂玻璃前，臉上還帶著淚痕，便好奇地問：「你在哭啊？你爲什麼哭啊？」

「放屁，誰哭啊！」狄念祖恨恨地抹抹臉，罵了糨糊幾句，跟著急忙問月光：「妳快告訴我，斐霏對妳做了什麼？她要妳做什麼？」

「嗯？」月光像是不明白狄念祖爲什麼這麼問，她答：「斐霏小姐要我照顧你三天，她說你得完成一項重要任務，如果你失敗了，就得接受處罰，她要我盡量幫助你，她說你的任何要求，只要不會傷害到她、王子和第五研究部，我都要照辦……」

「這……」狄念祖呆了呆，不解地說：「我不懂，大堂哥不是要妳當他的貼身侍衛嗎？爲什麼突然……」

「你說王子？」月光說：「王子他受了傷，要接受治療，另外還要進行什麼基因轉殖手術，會在這裡的醫療部門待上三天。」

「什麼？」狄念祖恍然大悟。「我懂了……」

狄念祖暗自唾罵了幾聲，總算明白斐霏定下三天期限，目的只是想找個理由除去月光，狄念祖雖不知道斐霏在受擄期間內究竟接受了什麼樣子的洗腦工程，但他猜想或許斐霏在某種程度上與貓兒的情形有些雷同，在洗腦的作用下，即便違背了自己的意願，也得依照主人的心意行事，甚至完成主人下達的任何命令，因此本來絕不可能讓美貌女性作爲丈夫貼身侍衛的斐霏，現在卻同意月光和聖美長伴在大堂哥左右。

然而此時大堂哥的三日療程，或許讓他的指令出現了漏洞，讓斐霏能夠在不違逆大堂哥指示的情況下找出除去月光的方法。

「既然如此，也只能好好用功了……」狄念祖思索半晌，心想在大堂哥無法主事這三天裡，斐霏在第五研究本部裡可說是至高無上的頭目，但斐霏仍得用這樣的辦法來對付月光，便表示大堂哥的命令仍然對斐霏有相當的約束力，她想來會遵照約定，只要他如期完成這樣任務，斐霏便不能隨意爲難他和月光。

「妳帶他們玩好了，別讓他們吵著我。」狄念祖這麼對月光吩咐，自個兒捧著電腦窩到辦公桌前，繼續破解火犬獵人。

月光便也按照狄念祖的指示，帶著眾小侍衛玩起了遊戲。

「鬼抓人、鬼抓人、鬼抓人、鬼抓人！」許久沒有和月光玩耍的糨糊，在玩了十五分鐘的「畫圖猜謎」和「故事接龍」之後，再也難以抑制興奮之情，激動地又蹦又跳，笑著大叫起來：「公主玩鬼抓人！米米當鬼，米米看起來像女鬼，讓她當鬼，她絕對抓不到我，公主保護我，我也保護公主！」

「等等——」狄念祖打斷了糨糊的吆喝，對月光說：「你們玩鬼抓人，糨糊不能玩。」

「爲什麼！」糨糊又驚又怒地對著狄念祖大吼：「爲什麼我不能玩——」

「因爲昨天你不聽我的命令，我要處罰你。」狄念祖似乎記恨著昨天糨糊在和石頭化爲鎧甲供他穿戴，但在臨戰最後一刻，卻因爲見著了月光而反抗他，拖延了他的腳步，這才讓他接連捱著聖美的連環利劍和貓兒的重踢，那僅僅數秒之間的一串攻擊讓他幾乎丟去半條命。

「還有你的官階全部被拔除，你現在又變回小兵了，石頭是你長官，你見到他要敬禮。」狄念祖指著糨糊說。

「什麼，怎麼可以這樣——」糨糊可要氣瘋，甩出數條黏臂就要和狄念祖拚命。

「我殺了你！」

「月光快保護我！」狄念祖猛然想起自己此時被藥物抑制了力量，急忙向月光求救。

「糨糊，停下！」月光也即時高聲下令。

「咿……」糨糊聽了月光號令，也只得聽下動作，火冒三丈地瞪著狄念祖。「飯，你好可惡……」

「你只能在這個圈圈裡活動。」狄念祖自辦公桌上拿起一枝奇異筆，在角落畫了個一公尺平方的圈圈，對著糨糊說：「去裡面跪著，我沒讓你出來，你不能出來。」

「哇……」糨糊聽狄念祖這麼說，嘩地一聲號哭起來，轉身往月光奔去。

「月光，把他關圈圈裡，他出來妳就打他。」狄念祖扠著腰說，補充：「這個命令，不會傷害到妳的王子，也不會傷害到第五研究部，請妳立刻執行。」

「這……」月光見狄念祖一臉嚴肅，毫無轉圜餘地，只好嘆了口氣，抱起糨糊，走到角落，將他放進圈圈裡。

「哇！」糨糊本來感到月光抱起了他，正要破涕爲笑，沒料到月光竟也聽從狄念祖的命令，可哭得柔腸寸斷，在圈圈裡打起滾來。

「記住啊，他敢出來就打他，他想攻擊我也要打他。」狄念祖哼哼地說，又對月光下令：「好了，你們開始玩鬼抓人吧，玩得開心點，這也是命令。」

月光莫可奈何地帶著米米、石頭等小侍衛玩起鬼抓人，聽見糨糊哭得淒厲，心中不忍，抽了個空檔來到桌邊，對狄念祖說：「飯，你讓糨糊一起跟我們玩，好不好？他如果做錯了什麼，我好好跟他講。」

「不好。」狄念祖搖搖頭，見月光似乎還不死心，便冷冷地說：「你想違逆我的命令嗎？」

「不……」月光只好繼續按照狄念祖的指示，繼續陪著小侍衛玩耍。

時間緩緩流逝，狄念祖對著螢幕，愈漸專注起來；月光和眾小侍衛也將鬼抓人、老鷹抓小雞、唱兒歌、猜拳等小遊戲全玩了一輪。

糨糊跪在小圈圈裡哭得累了，睡了半晌，醒來之後繼續啜泣；跟著他總算意識到自己再怎麼哭，也得不到月光和狄念祖的注意時，他便也懶得哭了，背對著狄念祖，掏出他的玩具小汽車，自己玩起來。

又過了好半晌，玩膩了小汽車的糨糊，呆愣愣地倚著牆，望著擠在沙發上睡成一團的月光和小侍衛們，但見狄念祖仍專注地盯著電腦螢幕，不時皺眉、不時呆笑。

「飯，電腦有那麼好玩嗎？」糨糊這麼向狄念祖發問。

「誰在玩啊。」狄念祖哼哼地回：「我在工作，我要救你們公主，也要救我自己！」

「救公主？」糨糊咦了一聲。「誰要傷害公主？」

「很多啊，吉米啊、斐霏啊。」狄念祖說：「三天之內我若不解開這遊戲，我跟你們公主都要被送去給吉米玩。」

「送給吉米玩，吉米想怎麼玩？」糨糊追問。

「你少囉嗦，你乖乖跪好。」狄念祖瞪著糨糊，罵：「昨天要不是你突然搗亂，妨礙我，說不定我能救出斐姊……等等，傑克呢？你有沒有看到傑克？」

「沒有。」糨糊搖搖頭，說：「我沒有見到他。」

「嘖……」狄念祖抓了抓頭，雖然有些擔憂傑克的安危，但此時他自身難保，心想傑克好歹也是隻特務貓，雖然不擅戰鬥，但藏匿、潛伏這類功夫也有一定的程度，況且傑克若是真落在斐霏手上，他即便擔心也沒太大用處。

「飯，教我玩電腦好不好。」糨糊沙啞地說著：「我學會電腦，可以幫你的忙，一起救公主。」

「不用了。」狄念祖哼哼地說。「你給我跪好。」

又不知過了多久，狄念祖聽到一陣陣細細碎碎的鍵盤敲擊聲，他探長了脖子，見月光等小侍衛擠在沙發周圍發著愣，跟著他轉頭，見糨糊背對著他，鬼鬼祟祟不知在做什麼。

「你在做什麼？」狄念祖起身，走到糨糊身後探身去看，竟見到糨糊捧著一台筆記型電腦，還伸出一堆細小黏臂對著鍵盤胡敲亂打，那筆電並未開機，螢幕漆黑一片。

「臭飯，誰要你管，你不教我，我自己學！」糨糊見狄念祖踏進他的圈圈裡，便氣呼呼地伸出黏臂，去推狄念祖的腳，想將他推出圈圈外。

「你怎麼會有……」狄念祖呆了呆，見那筆電外型眼熟，突然想起那是在海洋公園騷動中，他用以入侵海洋公園保全系統的那台電腦，當時他的電腦在動亂奔逃間遺落，卻讓糨糊撿去了。

狄念祖這才想起糨糊有將感興趣的雜物藏在身體裡的習慣，包括以前狄念祖剪下的髮、小汽車等等零碎東西。

「把電腦給我。」狄念祖對糨糊伸出手。

「飯，你好可惡！」糨糊蹦了起來，瞪大眼睛，將那筆電又藏回身體裡，氣急敗壞地怒吼：「你自己有一台電腦，又要搶我的電腦，你想一個人用兩台電腦，你忘了你只有兩隻手，我手比你還多，但我也只有一台電腦，而且我的電腦都是黑的，我都不會用，你不教我，你還要搶……」

糨糊鬼吼一陣，嚎啕大哭起來。

「這樣吧，你電腦給我，我讓你和公主玩。」狄念祖這麼說。

「真的嗎？」糨糊聽狄念祖這麼說，便停止哭泣，抽噎地指著地上的圈圈。「你不能再教我跪在這裡。」

「好。」狄念祖點點頭。

「而且我還要升官，我要當回汽車部大統領……」

「好，你乖乖交出電腦，我讓你當『家電部總督察』。」

「那是什麼？」

「那……比汽車部大統領高三階左右……」

「好……」糨糊聽狄念祖放他出圈圈和月光玩，還讓他升官，便不再哭泣，乖乖將電腦從身體裡掏了出來，仍緊張地補充：「還有以後不能又降職，不能讓我回去當小兵！」

「好好好。」狄念祖連連點頭，這才自糨糊手中接過電腦，隨口說：「滾去找公主玩吧。」

「公主……」糨糊破涕爲笑，邊笑邊哭，三步併作兩步地奔到月光懷中，向月光傾訴滿腹委屈。

狄念祖捧著這台筆電回到辦公桌坐下，揭開螢幕，檢視半晌，見這筆電早已沒電，便以他那台客製筆電的電源供應器替這台海洋公園筆電充電。

十分鐘後，狄念祖深深吸了口氣，像是在祈禱著什麼，揭開螢幕，按下電源鍵。

溫妮交給他那台用來破解火犬獵人的客製筆電，無法使用無線網路，即便在入侵袁唯包圍網時，也僅能透過受到監視的線路工作。

但這台海洋公園筆電自然能夠使用ＷＩＦＩ上網，且裡頭有他慣用的所有駭客程式。

他開啓一個能夠隱匿上線來源的程式之後，開始搜尋ＷＩＦＩ訊號。

「呼——」

當狄念祖成功連接上一個ＷＩＦＩ訊號時，露出了足以比擬窮鬼中了樂透大獎般的神情。

接下來的數個小時裡，狄念祖彷彿入定老僧般，再也沒說一句話。

CH08 鳳凰大戰

員。

研究室裡一片淡青藍色燈光，正中央一只長形艙箱旁圍繞著數名身穿白袍的研究員。

居中那人是康諾博士。

康諾臉上掛著淡淡的微笑，不時轉頭問一旁的田綾香一些瑣事，多半是關於寧靜基地裡眾成員的生活雜談，田綾香也自若地應著。

斐霏站在長艙另一端，似乎對康諾和田綾香那些無關緊要的談話感到厭煩，但仍強耐著性子，靜靜望著長艙儀表板上一只計時裝置倒數。

距離歸零還有一分零七秒。

長艙中躺著的那人是大堂哥。

斐霏的神情複雜，她望著艙箱透明玻璃底下大堂哥的睡容，隱約露出了戀愛少女般的神情，但似乎又想起了什麼而緊蹙眉心。

她與狄念祖約定的三天時間已在四小時前到期，但大堂哥從昨日開始這長達十七小時的馬拉松般的改造手術，讓她抽不出身去檢視狄念祖的破解進度。

由於康諾博士的加入，使得大堂哥的肉體強化工程規模擴大許多倍。

艙箱之中的大堂哥，蒼白的臉龐上橫著一條疤痕，那疤痕雖淺但是極長，自右顴骨削過鼻梁，劃過左眼下方，幾乎接近左耳際。

倒數歸零，儀表板上幾盞指示小燈閃爍亮起。青色的藥液順著幾條插在大堂哥動脈上的點滴管路，流入大堂哥體內。大堂哥緩緩睜開眼睛，一雙眼瞳左青右黃。

艙廂透明外罩揭開，大堂哥坐了起來，望著眾人，像是大夢初醒，他見到斐霏與眾人都穿著一身手術袍子，立時想起自己必然完成了改造工程，便急忙問著：「怎樣，我的身體變得如何？」

「你站起來試試看。」康諾博士淡淡笑著說。

大堂哥雙手撐著艙箱邊緣，搖搖晃晃地站起，只覺得渾身充滿了力量，但皮膚卻有種異樣的痕癢，便忍不住伸手去抓，越抓越癢，他慌張地問：「怎麼回事？我身體好癢。」

「別怕，正男。」斐霏伸出手，按向大堂哥的手背，只覺得他的手背皮膚時而堅硬、時而滑軟，她望了康諾一眼，跟著繼續安撫著大堂哥。「基因轉殖之後，會有一段適應期，這你知道的。」

大堂哥在斐霏的攙扶下跨出艙箱，突然想到了什麼，伸手撫了撫臉，此時他臉上那道橫疤幾乎已經消失，他問：「啊呀，我……我記得我不是被……溫妮呢？那造反的傢伙怎麼了？後來發生了什麼事？」

「我制伏她了。」斐霏這麼說。

□

狄念祖望著那台海洋公園筆電。

筆電上播放著一段監視影片。

時間為三天前——

「妳懷疑我？」斐霏握住了溫妮的手。

「不……」溫妮立時跪下，低聲說：「斐霏姊，妳應該知道我的出身，這世上除了擁有斐家血脈的人之外，再也沒人比我更忠於斐家。」

「妳說什麼？妳什麼意思？」大堂哥鐵青著臉繞過長桌，三步併作五步地朝斐霏和溫妮這兒奔來，他見到眾人都望向他，急急地說：「這……溫妮有問題！妳說……妳是不是袁唯派來的內鬼？」

「……」溫妮抬起頭，默默不語地望著大堂哥。

「妳呀……」大堂哥奔到了溫妮身前，露出怒容，說：「我想起來了，斐姊曾提過，妳其實算是個失敗品！妳曾經……」

在這瞬間，本來跪在地上的溫妮，雙眼閃爍起一陣殺氣，她猛地竄站而起，左手閃電般地劃過大堂哥臉頰。

這一記整個會議室所有人都始料未及的突擊，讓大堂哥的臉多出這一道深達兩公分的切傷。

這一記手刀本來能夠斬得更深，甚至能夠斬下大堂哥半顆頭顱。

但溫妮在揮斬之時，身子向後甩去，是握著溫妮另一手的斐霏，情急之下猛地將溫妮向後一扯，這才讓大堂哥保全了性命。

「溫妮……」狄念祖看得目瞪口呆，他料想不到溫妮竟也有如此身手。下一瞬間，更令他瞠目結舌，溫妮被斐霏甩開的同時，身形立時快速變化，她的雙頰和露在衣物外的體膚，都生出了七彩羽毛，她的後背竄出一對五彩大翅，近臀處也竄出數道鳳凰尾翼。

溫妮身子裡，也帶著鳳凰基因。

而幾乎同一時間，斐霏雙目也閃動起橙黃光芒，黑髮化爲橙色羽毛，一對橙黃大翼破衣而出，數條金黃尾翼雷電般地自後脊竄出，直取溫妮腦袋。

溫妮的彩色尾翼擋下了斐霏的金黃尾翼。

她們身上的羽毛似乎泛著螢光，這使得燈光昏暗的作戰會議室裡剎那間五彩繽紛。

斐霏與溫妮互握的手此時都變得如同禽類爪子一般，卻仍互相緊握著。

「妳以爲大姊眞的把妳當女兒嗎？」斐霏怒叱一聲，空著的那手緊握成拳，閃電般地擊中溫妮側腹，跟著追擊她腦門，被溫妮抬手擋下。

斐霏仍不罷手，以空著的那手或拳或爪，流星般地對著溫妮身上連擊。

溫妮使盡全力格擋斐霏的連擊，但她的速度不及斐霏，三、四拳中僅能擋下一拳。

「妳以爲自己也有著鳳凰基因，就是斐家人了嗎？」斐霏怒叱一聲，與溫妮互握的那手陡然使力，將溫妮重重摔出，轟隆撞倒了數張桌椅，附近幾名與會成員有些嚇得趕緊退開，也有些溫妮直屬部下呆愣在原地，像是猶豫著是否該去調停勸解。

「不……」溫妮摀著傷處，掙扎起身，並未褪去一身鳳凰型態，反而彎低腰身，像是鼓足全力想要奮力一搏，她的雙肩激烈竄動起來，竄出兩只怪異莫名的粗長大爪，威風凜凜地舉在身前。

「斐霏姊……我知道自己的身分和職責……正因爲我是個被製造出來永遠效忠斐家人的活體工具，所以我不計任何代價、不擇任何手段，也會貫徹我的使命……」

溫妮說到這裡，深吸了一口氣，肩上一雙怪爪往身旁一扒，抓著小會議桌朝著斐霏猛擲而去，跟著她雙手撫頸，自頸後拔下幾枚堅硬如鐵的五色羽片，如飛鏢般地朝著斐霏射去。

斐霏佇在原地，揚動五條金黃尾翼，將溫妮甩來的會議桌和羽片輕易擊落。

溫妮再次拔下四枚羽片，卻不是射向斐霏，而是射向倒在地上的大堂哥。

「喝！」本來正要向溫妮發動攻擊的斐霏，急忙迴身去攔截那些羽片，在千鈞一髮之刻，將射至大堂哥腦袋前的三枚羽片盡數拍落，另一枚射得略偏的羽片，則削過了大堂哥小腹，射進一名醫護人員小腿中。

「用你們的身體保護老闆！」斐霏怒吼一聲，幾名七手八腳的醫護人員趕緊用身體將大堂哥團團圍住。

這些醫護人員的後背立時捱中溫妮射來的第二波羽片。

三名醫護人員接連不支倒地，有一個護士見著身邊一名年輕醫生被射穿了後腦，嚇得發抖要退，一條金光立時鞭來，纏上那護士的頸子，瞬間將她勒斃。

斐霏怒眼圓瞪，揚動數條金黃尾翼，拍落兩波飛羽攻勢，指了指還愣在眾會議桌周邊觀戰的與會成員和傻在門口的保全警衛，厲聲高喊：「哪個還在看戲的，就是下一個！」

斐霏說完，揚動那條尾翼，將那被勒斃的護士高高舉起，再甩去數條尾翼，纏住那護士的手和腳。

跟著發力一扯——

「嘩！」作戰會議室裡數十名與會人員被斐霏的威嚇嚇得驚呼起來，他們的身體也本能地開始行動起來。

在那護士給扯飛的殘手斷足和漫天鮮血之中，所有人拿起手邊各種東西朝溫妮砸去，或是前仆後繼地圍向大堂哥。

也有些接受過某種程度改造的高級貼身祕書，奮不顧身地朝著溫妮攻去，當中甚至有些溫妮的直屬部下。

溫妮面無表情，像是早已預料到這樣的場面，她用最快的速度擊倒那些朝她攻來的傢伙們，筆直地朝大堂哥身躺之處衝去。

她絲毫不畏懼攔在大堂哥身前的斐霏，她揮動雙肩大爪，凶猛朝斐霏衝來，威嚇地喊：「斐霏姊，讓開！」

本來靜止不動的斐霏，在溫妮張開大爪，作勢揮來之際，突然以閃電般的速度，矮下身子避開大爪，一舉竄到溫妮面前，她左手一伸，掐住溫妮頸子，將溫妮一把舉起，雷霆萬鈞地往地板猛力壓砸。

轟——

溫妮整個上半身子都給砸入碎裂的地板之中，她還沒來得及起身，斐霏的數條金黃尾翼已纏上她的雙手雙腳，和肩上一雙怪爪。

「妳還想反抗？」斐霏感到溫妮仍然鼓力對抗她的金黃羽翼，便一腳踩斷了溫妮左膝，跟著又踩斷了她的右膝。

「噫——」溫妮喉間發出了低沉的嘶吼，數條五色尾翼自身下竄了出來，也捲上了斐霏的雙手和雙腳，幾乎在同一時間，她肩上那對大爪陡然大張，往斐霏腦袋左右扒去。

斐霏瞬間意識到溫妮肩上一雙怪爪的力量，其實比自己原先以爲的更加強大，她試圖閃避，但她和溫妮互相以數條尾翼纏綑著對方，她體內那高速型態的鳳凰基因所賦予她壓倒性的速度優勢，在這一刻受到嚴重牽制。

兩只大爪伴隨著暴風，撲向斐霏腦袋，僅僅依賴著強悍身體優勢卻未受過正式戰鬥訓練的斐霏，已無法做出任何應變。

斐霏雙眼圓瞪，時間似乎停止。

一滴冷汗劃過了她的臉龐，她才發現停下的不是時間，而是溫妮的攻勢。

溫妮肩上那雙大爪，各自停在斐霏腦袋兩側不足數寸之處。

「妳……」斐霏驚呼一聲，羞惱的怒火隨之燃起，她雙手猛地一抬，扯斷了溫妮纏著她雙手的五色尾翼，扣住了腦袋旁那雙大爪，跟著鼓力催動金黃尾翼，喀啦啦地將溫妮一雙手骨捲斷。

「看來妳全身上下，能夠與正版鳳凰基因匹敵的，只有這對怪手。」斐霏發覺自己單靠雙手，竟無法折斷溫妮肩上的怪爪，便將數條金黃尾翼自溫妮四肢鬆開，一口氣全纏上溫妮肩上右邊大爪上臂，跟著雙手扣著大爪腕部和前臂，奮力擰扯數下，將溫妮右肩大爪前臂以下，整個擰了下來。

「……」溫妮也沒喊疼，但她四肢俱斷，氣力耗盡，再也站不起身，完好的左肩大爪也緩緩垂下，她不發一語，默默地望著斐霏的雙眼。

一整隊荷槍實彈的武裝士兵和獵鷹隊夜叉這才趕到，一時間似乎還分不清誰是敵人，經過會議室裡眾人大喊吆喝之下，總算明白躺在地上的溫妮是騷亂份子，圍到了她面前，將槍口對準溫妮。

「停。」斐霏揚起手，阻止了士兵朝溫妮開槍，淡淡地說：「押下去，我有事問她。」

眾士兵領了號令，將癱軟無力的溫妮四肢鎖上鐐銬，抬出了會議室——

狄念祖操作滑鼠，結束了影片播放，這段影片來自於作戰會議室的監視系統，不論是影像還是聲音都有極高水準，即便透過筆記型電腦螢幕觀看，也讓狄念祖如臨現場，緊張地滲出一身汗。

他雖然早知道身爲斐姊貼身祕書的溫妮，身體必然也經過某種程度的改造，而具有一定的力量，但卻不知道溫妮竟也擁有鳳凰基因，且強悍到能與斐霏一戰，溫妮倒地後的那波反撲，如果未曾手下留情，現在斐霏或許已命喪黃泉了。

狄念祖這才明白負責二十四小時監視自己的溫妮，與自己和月光的獨處過程中，絲毫不畏懼他們伺機動手反撲，正因爲溫妮本身具有極爲強大的力量，當溫妮被調離至交換人質的任務中時，接替她任務的，可是一組阿修羅級別的戰士加上一整隊監視人員，足以顯現她的能耐之高，甚至能夠匹敵一組正式編制的戰鬥團隊。

「很好。」狄念祖雖然有些同情溫妮當時與接下來的遭遇，但也不禁露出漁翁得利的笑容——

這部影片是他在發現溫妮此時囚禁地點和處境之後，才特意自第五研究本部監視資料庫中找出觀看——

三天來，他利用糢糊藏著的具有無線網路功能的海洋公園筆電，成功入侵了第五研究本部的電腦系統。

本來，他即便能夠自在使用網路，也未必能夠如此順利地入侵整個第五研究本部，但唯一有能力阻止他的人，此時正躺在本部大樓一間私人辦公室底下的套房床上。

正是溫妮。

而溫妮特別挑選而出、專責監視狄念祖的電腦安全小組，也因爲溫妮的反叛而受到牽連，被打散分派至一些無關緊要的單位，做著與己身所長毫無關聯的雜工，斐霏甚至派出一組祕密人員，暗中監視這批溫妮直屬心腹，就怕溫妮在第五研究本部中，還有其餘未現身的勢力組織。

這樣一來，反倒讓取得海洋公園筆電的狄念祖，有如猛虎出柙。

狄念祖在先前那段一面入侵袁唯包圍網，一面與監視小組交手過招的日子裡，對第五研究本部的資安程序早有一定的了解，他很快地透過數個早被他發現的漏洞，順利入侵本部電腦系統，植入十幾種功能不一的木馬程式，開啓一個又一個的後門，方便他之後出入。

同時，他也使用了和先前海洋公園相同的入侵方法，利用現在人手一支智慧型手機、一台筆記型電腦的特點，透過即時聊天軟體散布他改良後的木馬程式，一個串一個地將研究員的個人行動裝置都變成了能夠讓他隨意進出瀏覽的小花園——

他藉由這些零星片段的私人訊息，和第五研究本部的監視系統，掌握了斐霏、大堂哥等人的一舉一動，也摸清了整個第五研究本部的作戰策略。

他發現了田綾香、林勝舟和康諾博士等人已被編列成一個臨時研究小組，負責協助幾個部門改良現有的生物兵器，準備在數天之後，迎戰袁唯。

狄念祖也發現了溫妮，她被囚禁在他先前待著的套房中，那本來就是她的私人住所兼辦公空間。

此時那套房裡的模樣和他先前居住時大致相同，只是原本用來鎖著月光的鐐銬，變成鎖著溫妮。

溫妮四肢還裹著石膏，一動也不動地躺在床上。

那鎖鏈換了只大鎖頭，鎖著溫妮的頸子。

除了頸子之外，溫妮的四肢也被自床下伸出、材質相同的鎖鏈銬著。

狄念祖當時一直不明白爲何溫妮房中會有自天花板延伸而下的鎖鏈鐐銬，直到他數小時前自第五研究部資料庫中找出了關於溫妮的機密檔案，這才豁然開朗。

溫妮是第五研究本部幾項核心研究計畫之一「斐家軍」的原型實驗產品。

鳳凰基因是第五研究部成立初期，斐姊爲了確保斐家在第五研究部中的地位，所主導的一項肉體強化基因研究計畫，鳳凰基因被設計成必須與斐家血緣結合才能夠產生作用，但隨著斐家人在第五研究本部的地位再也無人能挑戰，斐姊對於鳳凰基因的願景，也從「保障親族地位」轉變成「壓過聖泉其餘部門」。

因此第五研究本部後續研發出了一批具有斐家血脈的肉身活體，鳳凰基因一旦成功轉殖在這批活體身上，便能夠量產具有鳳凰基因的活體戰士，自然，這些斐家軍體內的鳳凰基因，是特意抑制了力量之後的次級品，其力量與斐家四姊弟相比弱化許多，但仍遠勝過聖泉現有的阿修羅級別兵器。

在斐姊的願景中，斐家軍除了強悍的力量之外，且應該擁有更加聰明的腦袋和極高的服從性。

只要能夠正式量產「斐家軍」取代現有的獵鷹隊，搭配融合鳳凰基因造出的破壞神級別主力兵器，袁唯便再也不足爲懼了。

自然，願景未必能夠完整實現，要將高智商、高服從性和強悍的肉體力量完美結合，並非那樣容易。

溫妮是在無數次失敗之後，所造出看來最成功、最接近斐姊心目中完美面貌的「斐家軍」成員。

即便如此，溫妮也歷經過一番嚴苛的訓練和複雜的腦部教育工程。

溫妮房中那些鎖鏈和與攔阻門相同材質的囚禁欄杆，便是設計用於溫妮犯錯時的懲戒裝置。

狄念祖自這份溫妮的機密資料裡得知溫妮自被製造而出至今，不過四年時間，前兩年皆處於不穩定的狀態，在訓練的過程中所受到的處罰不計其數，直到兩年前完成了最後的腦部工程之後才逐漸穩定，但偶爾還是會發生情緒不穩的情形。

狄念祖也隨即想起，溫妮雖然總是那副天塌下來也沒什麼好怕的沉穩模樣，但偶爾也會因他言語中對斐家不敬，而流露出與平時不同的憤慨怒容，狄念祖不曉得這樣的情形究竟該算是溫妮情緒不穩定的徵兆，抑或是在「腦部工程」中被設定的思想。

令狄念祖有些訝異的是，溫妮最大一次失控正是狄國平那次破壞行動。

那時溫妮正進行著腦部維護的療程，狄國平的破壞行動，透過網路，使得第五研究部研究室中的儀器損壞，也讓溫妮的腦部維護療程出現嚴重失誤。

發狂的溫妮，甚至動手攻擊斐姊。

狄念祖所檢視的這份機密資料中，並未詳述當時的過程，也未記載當時第五研究部究竟如何制伏失控的溫妮。

他透過相關資料，得知這類失敗品，一旦做出超出容許界限的行爲，應該被銷燬的。

但溫妮並未面臨這樣的命運。

她仍在經過了「懲處」和「治療」之後，繼續以頂級助理的身分在斐姊身邊服侍。

狄念祖猜想這或許是因爲斐姊膝下並無子女，因而在與溫妮的相處過程中對她懷有某種程度上的母女之情。

同樣的，或許這也是爲何溫妮即便冒著抗命甚至被處死的風險，也要不顧一切地展開救援斐姊的行動。

但她失敗了。

此時的溫妮，面無表情地被固定在床上。

除了在作戰會議室裡激戰時所受到的傷害之外，溫妮身上並沒有額外的受虐傷痕，狄念祖猜想這或許是溫妮對於斐家人還是具有高度服從性，對於斐霏的「審問」，並無抗拒或是隱瞞，斐霏也看在她與斐姊的微妙關係上，而有所通融，這才使得溫妮沒有遭受殘酷的刑求。

狄念祖透過監視設備望著溫妮，腦袋裡不停轉過各種念頭，他猶豫著究竟該讓溫妮在自己即將展開的盛大計畫裡扮演什麼樣的角色。

再過三天，就是袁唯對第五研究本部發動全面進攻的時刻了。

CH09 月夜下的晚餐

「你完成了？」斐霏望著狄念祖。

「是啊。」狄念祖點點頭，將筆記型電腦轉向斐霏。

螢幕上是一篇文字檔，上頭是數行共超過兩百個各國文字、特殊符號交雜的亂碼。

狄念祖點開另一個名為「戰果」的資料夾，這名為「戰果」的資料夾，總容量超過7TB，裝著上萬份各類檔案。

他在第三天期限不到一半時，便已完成「火犬獵人」的最後解密，最困難的部分在於遊戲中初期那只電子錶所顯示的日期與當天發生事件的體悟，想通了這一點，接下來只要順著每次事件後的提示日期，追憶那一天所發生過的事，操縱遊戲角色達成某些條件，便能觸發新事件。

在達成最後一個事件條件之後，狄念祖操縱著遊戲角色進入了遊戲自家中本來鎖著的書房，自書桌上一張紙條取得了能夠解開機密壓縮檔的密碼。

狄念祖將整台電腦緩緩推至桌沿，示意自己完成任務，任由斐霏接收成果。

斐霏面無表情地走到桌前，檢視著資料夾裡頭的內容，好半晌，她點點頭，朝隨從使了個眼色，那隨從便恭敬地闔上螢幕，小心翼翼地捧起電腦抱在懷中。

「斐家治下，有賞有罰。」斐霏問：「你想要什麼？」

「哦——」狄念祖連連搖手，客氣地說：「我只希望你們別把我當敵人看待就好了，我們共同的敵人是袁唯，不是彼此，我很樂意替第五研究部提供我的長才，對付袁唯啊。」

「嗯？」斐霏皺了皺眉，說：「我以爲，你會要我放你走。」

「放我走？」狄念祖呆了呆，說：「我能去哪？」

「你從吉米的俘虜，變成我們的俘虜，我以爲你想走。」斐霏這麼說，頓了頓，跟著指著月光。「你可以帶她走。」

「什麼！」狄念祖瞪大眼睛，不可置信。

「我已經知道你的事情了。」斐霏說：「你出生入死，不就是爲了她嗎？你完成了第五研究部的任務，這是斐家給你的獎賞，你可以帶她走。」

斐霏這麼說時，望了月光一眼，眼中是滿滿的妒火。

狄念祖隨即明白，斐霏在被袁唯俘虜期間，不知道接受了什麼樣的洗腦工程，歸來之後的她，不僅對大堂哥言聽計從，甚至對大堂哥產生了濃厚的愛意。

這樣的斐霏自然不希望大堂哥身邊待著其他美麗女人，但她無法違逆大堂哥的命令，更不能隨意濫殺頂著大堂哥親衛隊和貼身侍衛身分的自己和月光，她僅能在不違逆大堂哥命令的命令之下，儘可能地令月光遠離大堂哥。

「眞的可以嗎？」狄念祖想到此時，陡然醒悟，斐霏出的這個難題，並非要處死月光，因爲將月光交由吉米處置，那必然不是大堂哥想見到的情景，斐霏是要自己完成任務，便能夠以獎賞的名義，讓他帶月光離開，遠離大堂哥身邊。

「不……不……」斐霏突然又搖了搖頭，說：「正男……正男說過，他需要親衛隊，他要你、要她，當他的親衛隊，不行、不行、不行……」

「或者……我可以指示……你進行一件新任務。」斐霏低下頭，凝神思索，緩緩地說：「你們兩個共同執行，在完成之前，都別回來……」

狄念祖知道斐霏正思索著透過什麼樣的方法讓月光離開，才不會違背大堂哥點名要月光擔任貼身侍衛這樣的指示，倘若她以己身權位調派大堂哥親衛隊進行某些外派任務，不僅名正言順，也不會違反大堂哥口頭上宣稱的命令，儘管這與大堂哥的眞實意願未必相符，但他若是知道了，或許又會要斐霏下令召他們回來，屆時又該如何是好呢？

狄念祖見斐霏神情愈漸焦惱，偶爾望著月光的神情也愈加凶惡，似乎眞實的心情正與大堂哥的意志激烈抗衡著，不禁擔心她倘若失控，受到藥物抑制的自己和月光可要遭殃。

「不……不急於一時啊。」狄念祖連忙安撫斐霏，說：「袁唯不是快打來了嗎？如果打贏了，再獎賞我也不遲，如果輸了……輸了或許我和她，都活不了。」

「這倒是。」斐霏似乎同意了狄念祖這樣的說詞，露出一種如釋重負的神情，低聲呢喃幾句，轉身便走。

「斐霏小姐。」狄念祖立時出聲喊：「如果袁老闆沒有特別需要，我想請妳同意讓月光留在這裡陪我，妳應該不反對吧。」

「月光？」斐霏停下腳步，望了月光一眼，轉頭對著狄念祖說：「我以爲她叫蘇菲亞。」

「蘇菲亞？那什麼鬼東西，她叫月光。」狄念祖這麼答。

「不……」月光急忙解釋：「月光不是我的名字，那只是……只是個代號，我的名字只有王子可以替我取……我的名字是蘇菲亞。」

「你叫正男王子？」斐霏緩步走至月光面前，露出了難以抑制的怒容。「那我是什麼？」

「妳……妳……」月光似乎被斐霏雙眼散發出的濃濃怨怒給震懾，害怕地低下了頭。

月光身旁的小侍衛們，本來正玩著的都停下了動作，睡著的也紛紛醒來，緩緩往月光身邊聚來，糨糊張開嘴巴，像是想要頂上兩句，但被米米一把捂住嘴巴，不讓他說話，米米跟在月光身邊伺候著斐霏和大堂哥一段時間，隱約感受到斐霏、大堂哥，與月光、聖美之間的怪異氣氛，知道此時要是糨糊說錯了話，那後果可不堪設想。

「斐霏小姐，袁老闆是王子，妳當然是公主啦！」狄念祖扯開喉嚨，試圖轉移斐霏的注意力，急忙地鬼扯起來：「你們是王子跟公主，我們只是下人，下人本來就是伺候你們這些王子公主的，下人的稱謂、階級什麼的，看老闆臉色，也很合理，以前我叫作『飯』，是她取的，我也是她的下人，不過現在我們都是袁老闆的親衛隊，我們赤膽忠肝、身負重任，袁老闆想必也十分重視我們吶！」

「……」斐霏聽狄念祖雖然說得顛三倒四，但聽他搬出大堂哥的頭銜，又強調了自己身爲親衛隊的重要性，便點點頭，說：「那你們這些下人就先在這待著，等我命令。」

「是……是……」狄念祖搓著手，連連陪笑。

「正男現在由我照顧，除非他有需要，我才通知妳，妳在這伺候妳的下人吧。」斐霏對月光說，連正眼也不看她一眼。

「是……」月光點點頭，恭恭敬敬地目送斐霏出門，這才轉過身，讓在眼眶中滾動的淚水落下。

「飯，你爲什麼說公主是下人！」糨糊氣呼呼地推開米米，跑到狄念祖身旁，一副要跟他單挑的模樣。「你才是下人，你剛剛說話的樣子有點像吉米。」

「去你的——」狄念祖可沒心情和糨糊鬥嘴，而是如釋重負般地吁了長長一口氣，他見月光拭去眼淚，默默坐回沙發，摟著米米，神情黯然地垂著頭，便打著哈哈，指著窗外夕陽，說：「看，太陽下山啦，該吃晚飯了吧。」

「是啊，公主，我們說好今天要野餐的。」米米腦袋機伶，知道狄念祖這麼說是想緩和氣氛，便幫腔說：「我們搬開桌子，在地上鋪毯子，像電視上那樣野餐。」

「好，野餐，我要野餐。」糨糊歡欣鼓舞地起鬨，平時當狄念祖對著螢幕一連數小時悶不吭聲時，月光便帶著小侍衛們觀看卡通或是講著故事，他們會有樣學樣地模仿一些卡通節目裡的遊戲，今天的遊戲是野餐。

偶爾狄念祖坐得累了，也會起身和他們共同遊戲，當他破解「火犬獵人」，取得密碼之後，心情更加悠哉，昨夜當米米提議今晚不如將燈關上，一面看著星光一面野餐時，狄念祖也一口應允——

兩天前糨糊也曾因為想看清楚星星，趁著狄念祖上廁所之際，將整間房的燈全關了，還將桌上兩台運作中的筆記型電腦螢幕一併闔上，那時狄念祖卡在「火犬獵人」最後的關卡，心浮氣躁，暴躁地將糨糊臭罵一頓，還指揮著月光又將糨糊關進那小圈圈跪了三個小時，直到他終於取得密碼，這才讓哭腫眼睛的糨糊離開圈圈，重回月光懷抱。

眾人七手八腳地將擺在窗邊的辦公桌椅搬開，挑了張毯子鋪在落地窗邊，此時太陽逐漸下山。

米米撥了通電話，外頭負責提供平日食物、用品的工作人員，便將今早收到的用品清單上的食材、用具全備妥了，上樓交給米米。

日落時分，大夥兒圍繞在落地窗邊，窗外面向火炎山，太陽正沉下一半，將天上流雲映得紅紫金橙。

這辦公室裡的小野餐，從紅日西下吃到了星升月起，皎潔的月色映入關上燈的辦公室中，狄念祖、月光和眾小侍衛在窗邊躺成一排，望著掛在空中的彎彎弦月和滿天星星。

糨糊將腦袋貼在玻璃窗上，兩顆眼睛幾乎要沾上窗戶，他不滿意地埋怨起來：「只看得到前面，看不到旁邊……公主、飯，我能不能把窗戶打破？這樣可以把眼睛伸出去看星星。」

「不行。」狄念祖枕著手，慵懶地說。

「這個地方沒有我們的皇宮漂亮。」糨糊這麼說，跟著轉頭問石頭：「對不對，石頭，我們以前的皇宮比較漂亮。」

糨糊口中的皇宮，指的是山水宿舍，那是他們與狄念祖相遇的地方。

那時每一個無雨的夜晚，月光都會帶著他們踏上宿舍頂樓，山水宿舍位在山坡邊，四周幾無光害，能夠見到比都市多出數倍的星星，且不時吹來陣陣晚風，伴著蟲鳴蛙叫。

「公主，妳還記得嗎？」糨糊這麼問。

「好像記得……」月光直勾勾地望著月亮，說：「好像又……不記得。」

糨糊時常問月光以前的事，月光對於糨糊描述的情境似乎有些印象，她有時會作些夢，夢的內容時而清晰時而模糊，有時她會十分懷念夢境裡的內容，但她不知道那些夢是否曾經發生過。

「飯。」月光突然開口：「你知道自己爲何生在這個世界上嗎？」

狄念祖咦了一聲，搖搖頭：「爲什麼這麼問？」

月光和狄念祖並肩躺著，雙腳貼著落地窗戶，雙眼望著遠方，平靜地說：「我有時很羨慕你，你好像永遠知道自己在做什麼，你的眼前好像永遠都有一個目標，你望著那個目標，勇敢地一直跑、一直跑，雖然有時很辛苦、有時受了傷，但你一直很有精神……」

「是嗎？」狄念祖乾笑兩聲，說：「妳也一直有個目標不是嗎？」

「嗯。」月光說：「我找到了王子，但是……事情跟我想像中好像不太一樣，我不知道自己現在到底在做什麼，我也不知道接下來該做些什麼……」

「……」狄念祖說：「因爲妳的心中有個重要的東西被奪走了。」

「重要的東西？」月光咦了一聲。

「不只是妳。」狄念祖嘆了口氣說：「貓兒、聖美、向城、強邦，甚至是溫妮、斐霏，你們全都一樣，聖泉的洗腦機器在你們的腦袋裡設定了很多規矩，你們沒辦法按照自由意志生活，只能按照主人的命令做事——貓兒的身體不受自己控制，命令要她死，她就得死，命令要她殺死朋友，她就得殺；斐霏把自己的姊姊和弟弟都關起來了，這不是她想做的，但她不得不這麼做；向城哥跟強邦哥，連自己的意識都消失了，他們跟死去沒有兩樣；妳也一樣，妳以前一心想要找到妳的王子，但妳連他是誰、長什麼樣子都不知道，這樣子不對，不應該這樣。」

「我不明白……」月光抱著膝坐了起來，窗外灑入的銀色光芒，映在月光臉上和髮梢，她問：「在奈落的時候，你明明可以離開，爲什麼回來幫我？爲什麼給我血喝？以前我強迫過你、糊糊強迫過你，但現在不會了，你明明有機會過自己想過的日子、做自己想做的事，爲什麼……你還是願意當我的飯？這些日子，你也不自由，不是嗎？你跟我們的差別，到底在哪裡？」

「這個嘛……」狄念祖也撐著地坐起，微笑地望著月光，伸手撥了撥她耳際旁微亂的髮，說：「妳的王子，是冷冰冰的機器幫妳決定的；而我的公主，是我自己選的——」

CH10 火戰

「嘿。」

「哈囉。」

「地球上最厲害的帥貓，你還活著嗎？」

「傑克。」

冰冷的電腦合成語音，在斐家寓所十二樓實驗室中輕輕響起。

傑克自一處不起眼的小櫃後頭探頭出來，搖搖晃晃地來到一處監視攝影機前，比手畫腳起來。

「小狄……」傑克的模樣有些憔悴，身子也瘦了一大圈，本來微圓的小肚子此時深深凹陷。

那天，力竭暈死的狄念祖被斐霏差人抬了出去，留下傑克獨自躲在實驗室裡，由於十一樓有聖美和兩個小侍衛終日鎮守，傑克完全沒有機會離開。

這實驗室平時幾乎不會有人前來，數天以來，僅有兩晚，斐霏領著兩名研究人員，進來觀察艙箱儀器上的數值變化。

那兩晚在研究人員離去之後，斐霏都會在斐姊和斐少強的艙箱前駐足一個小時以上，有時喃喃自語，有時默默流淚。

躲在隱密處的傑克一動也不敢動，連大氣都不敢吭上一聲。

在最初的三天裡，傑克便靠著實驗室裡獨立浴廁裡的自來水度日，直到第四天，昏沉沉的傑克才聽見一陣詭異的電腦音效呼喚他的名字。

當時，狄念祖早已成功入侵第五研究本部的監視系統，花費許多時間卻仍遍尋不著斐家寓所十二樓實驗室的監視畫面，狄念祖猜測十二樓實驗室或許並未設置監視系統，否則溫妮早已發現斐姊和斐少強了，但他很快地自那些受他散布的木馬程式所感染的手機和筆電而外流的訊息和信件中，過濾出兩名研究員。

這兩名女性研究員，是斐霏的直屬心腹。

她們的筆記型電腦也在狄念祖木馬程式的感染名單之中。

狄念祖發現她們雖未時時刻刻待在十二樓實驗室裡，但她們會以無線網路，二十四小時觀察斐姊和斐少強的睡眠艙箱上各項數值變化，以確保他們安全無虞。

狄念祖便也經由兩名研究員的電腦，輕易地攻入十二樓實驗室裡那套獨立電腦系統，取得了實驗室裡數台電腦的硬體控制權，包括視訊設備和通訊裝置。

當時餓了三、四天的傑克，聽見了狄念祖透過將文字轉爲合成人聲的軟體，對他說話時，激動地抱著電腦大哭，暢訴自己因爲過度飢餓，眼前會不時浮現回憶走馬燈的心情。

狄念祖除了安撫傑克，要他繼續在實驗室中等待自己進一步指示之外，也告訴傑克，這間斐家寓所實驗室裡，其實囤有備用乾糧，以備研究員偶爾需要連日工作時之需。

傑克翻出了乾糧，他擔心被斐霏或者研究員發現，不敢吃多，每日僅吃下最低限度的食物，還將吃剩的包裝，整齊地擺回乾糧堆的最後頭，這才又撐過這兩、三天。

直到這時，傑克再次聽見狄念祖的呼喚，這才攀上角落那台電腦，抱著視訊鏡頭，將臉貼在上面，喵嗚地說：「小狄、小狄……爲什麼你這麼久才出現，我快死掉了，我覺得我的肝臟跟腎臟都生病了……小狄，你知道的，我是一隻貓，我不想再吃那些人類吃的臭餅乾了……我需要魚，什麼魚都好……我也想吃牛肉和雞肉，噢——說到這裡，我現在非常需要一盤切成一點五公分大小的鮮牛肉塊，旁邊擺上一撮新鮮小麥草，再來一杯漂著貓薄荷的清涼冰泉水，還有一盤上等生魚拼盤，我不需要醬油，也別忘了把芥末換成木天蓼……」

「傑克、傑克，你清醒點，你崩潰了嗎？」狄念祖急急地敲著鍵盤，透過轉換軟體將文字轉成合成人聲，與十二樓實驗室的傑克視訊對話，他見到鏡頭前的傑克身體虛弱、神情渙散，知道他因爲成日懼怕被斐霏發現，加上飲食不佳，精神狀況緊繃到了臨界點。

「再不然……給我老鼠也好，可恨吶，這裡一隻老鼠都沒有！」傑克咬牙切齒，將兩隻小爪子緊握成拳，恨恨地說：「小狄啊，你有所不知，我可是下水道裡的撒旦，沒有貓比我更殘暴了，我嗜血如命，老鼠見到我都像是見到了閻王！喵吼——來啊！老鼠，出來！或者……活雞也行，我有自信可以宰掉一隻公雞，不……現在我的體力恐怕沒辦法對抗公雞了，小母雞好了，我會讓牠好好見識一下大自然的殘酷，物競天擇、適者生存——我要新鮮的血和肉！喵吼——」

傑克仰長了頸子咆哮，還彈出爪子，左右揮抓，像是和腦海裡的小母雞戰鬥一般，牠一個不穩摔下桌子，在地上滾了半圈，費力站起，望著天花板嗚嗚哭著說：「小狄，你老實說，我是不是永遠出不去了？我是不是永遠都要在這裡陪著斐姊跟她弟弟，永遠吃著不好吃的餅乾、喝著有消毒水味的自來水……」

「你冷靜點，我會救你出去的。」狄念祖這麼回覆。

「你騙人，我不信。」傑克伏在桌面，嗚嗚地哭著：「這幾天小狄你只跟我說過幾次話，連你也放棄我了……」

「不，我非常忙，我打算一次救出所有夥伴，沒有時間陪你聊天。」狄念祖回答：「就連現在，也是一面看著趙水一面跟你說話的。」

「什麼！趙水！」傑克哎呀一聲，哭得更大聲了。「小狄，即使在這種情況之下，你還要把心分給那個趙水，就不能多關注我一點嗎？雖然我是特務，但我的內心……還是一隻需要人類關愛的貓啊！喵嗚、嗚嗚……」

「媽的，你不要一直說廢話好嗎？」狄念祖氣呼呼地敲擊鍵盤。「時候到了，寧靜基地首席特務，傑克先生給我他媽的聽好！我以你主人田綾香的名義命令你，史上最大反攻行動要開始了——」

「什麼！」傑克聽狄念祖搬出田綾香的名號，這才如夢初醒，蹦上桌子，對著視訊鏡頭低聲說：「小狄，你說『時候到了』是什麼意思？你憑什麼以主人的名義命令我？

主人授權給你了嗎？你要我做什麼？什麼行動……不過你說我是寧靜基地首席特務這點倒是沒說錯啊小狄，你很有眼光……我收回剛剛我所說的『我是一隻需要人類關愛的貓』這句話，事實上……」

「媽的閉嘴，聽我說話。」狄念祖打斷了傑克的話頭，怒氣沖沖地打字。「袁唯的大軍已經開到大門外了，現在第一波羅刹攻進來了。」

「什麼！」傑克咦了一聲，不可置信地問：「什麼？開戰了？爲什麼小狄你不事先通知我，現在什麼時候？我該做些什麼？」

「你聽好。」狄念祖說：「我要你吃點東西，你吃飽點，待會才有力氣行動，我會教你怎麼做。」

「啊？」傑克呆了呆，急急地問：「小狄，你說清楚點，現在究竟怎麼了？快告訴我啊——」

「我沒時間解釋，你快吃，乖乖等我通知。」狄念祖這麼說完，也不等傑克答話，便關掉視訊對談，跟著又盯著螢幕另一處小分割畫面，那是一個實驗室內部，坐在角落看報那人，正是趙水。

狄念祖默默無語地盯著畫面中的趙水一會兒，跟著關閉視窗，起身望著糨糊和石頭，說：「糨糊總督察、石頭小隊長，你們準備好了嗎？」

「好了好了！」糨糊像是充飽了電的玩具般手舞足蹈，一副迫不及待大展身手的模樣，石頭則如往常般靜靜佇在離狄念祖不會太遠也不會太近的護衛距離，但此時他也露出一副奮發神色，連連點頭。「好、了。」

湯圓、刺針和小怒三個小兵則跟在糨糊身後，排成一列，糨糊似乎以自己的職權，替三個小兵區分出高低階級，狄念祖也懶得弄清楚三個小侍衛之間究竟誰是二等兵誰是一等兵，他緩緩站起，走到窗邊，看了看左臂上那藥劑注射器，上頭有個小型液晶面板，顯示著一個時間——「1:07:56」。

距離下一次的藥物注射，尚有一小時七分五十六秒。

狄念祖向窗外望去，火炎山另一端的上空，一團黑雲緩緩逼近，那是袁唯的鳥人部隊。

靠近第五研究本部這頭的上空，則有兩、三架阿帕契直升機盤旋巡守，在園區最外圍的監視塔下，也早有兩、三隊夜叉坐鎮著。

「飯，你還在看什麼？」糨糊不耐地催促起來：「不是說要大打一場嗎？」

「對。」狄念祖點點頭，轉身對著糨糊等小侍衛們說：「行動開始——」

□

「是、是是是！」吉米彎著腰，恭恭敬敬地拿著手機說話：「斐霏小姐，妳放心，我把這兒守得水洩不通，不准任何人靠近……狄念祖？我剛剛派人催他了，妳放心，我會立刻把他送去作戰會議室——」

吉米結束了通話，立刻挺直身子，大剌剌地坐下，窩進高級沙發中，望著接待廳兩扇電梯大門好半晌，嘴裡喃喃碎罵起來：「媽的那狄念祖大個便要大到什麼時候！」

他毛躁地抓了抓頭，半小時前，第五研究本部響起了作戰警報，月光、聖美皆被召集前往作戰會議室。

以吉米爲首的這批袁正男親衛隊，則負責守衛整棟斐家寓所，不許任何人靠近一步。

二十分鐘前，吉米收到了作戰會議室傳來的號令，要他將狄念祖也送去作戰會議室，他們似乎需要藉助狄念祖的駭客功力，來進行某些入侵任務。

吉米一連撥了三通電話，全是糨糊接的，說是狄念祖吃壞了肚子，一直待在廁所裡不出來。

「他媽的……」吉米再次按下撥號鍵，打去狄念祖辦公室。

電話響了十來次，全無反應。

「怎麼回事？死在馬桶裡了那小子！」吉米氣憤怪叫，站起身來，領著幾個成員上樓查看，一路怒罵不休，說是就算狄念祖肚子還疼著，也要將他綁去交給斐霏。

他們來到十樓，穿過堆放著辦公用具和桌椅的閒置空間，來到狄念祖辦公室外，卻不見門外的看守人員，辦公室門反鎖著，吉米伸手大力拍門，仍然得不到回應，他怒罵幾句，揚起右手，五指化爲醜怪觸手纏上門把，猛力一扯，將那門把扯壞，推門進入。

吉米領著手下進入辦公室，只見辦公室裡不見狄念祖，也不見糨糊和石頭，他隱約聽見廁所傳出水聲，喊了幾句，也沒有回應。

「媽的搞什麼！」吉米朝手下使了個眼色，指著廁所。「把他給我揪出來！」

「是……」兩名手下有些不情願地走近廁所，敲了敲門，又轉了轉門把，也是鎖著的，一個手下捏起鼻子，抬腳一踹，將廁所門大力踹開，卻見廁所裡空空如也，掛在牆上的蓮蓬頭還灑著水。

「什麼，人上哪去了？」吉米訝異嚷嚷起來，領著手下奪門而出，一面鬼吼，一面接連撥打了好幾通電話，這才曉得在數分鐘前，本來數名守在十樓出入口的親衛隊成員，幾乎在同一時間裡收到了吉米傳來的簡訊，簡訊的內容大同小異，要他們離開崗位，前往六至八樓不等，有的守著樓梯口、有的埋伏在某根梁柱後，他們才就定位，便接到了吉米的質問電話。

「什麼狗屁簡訊？我哪有傳那種東西給你們！」吉米怒不可抑地吼叫著，急忙地領著手下趕往十一樓，生怕狄念祖又像上次那般闖入大堂哥住處。

吉米來到了十一樓斐霏家門前，卻見威坎和古奇領著七、八名親衛隊成員，將斐霏家門前守得水洩不通，被抑制了力量的狄念祖，無論如何也不可能通過這兒攻入大堂哥家中。

□

「什麼？你說狄念祖不見了？」斐霏神情訝然，眉心緊蹙，她揮了揮手，不悅地說：「我不管，你負責把他給我找出來……」

此時的斐霏似乎並不太介意狄念祖的行蹤，僅這麼吩咐完吉米，便掛上電話。

作戰會議室裡歡聲雷動，前方巨大螢幕牆上的十數個分割畫面，正顯示著研究本部正前方的戰情。

袁唯那方攻入的兩隻破壞神級別的大傢伙，癱倒在「堡壘」面前，一動也不動。

堡壘是第五研究本部專責防守的破壞神級別巨型兵器，有三層樓高，人身象足，身軀兩側垂掛著十數條長臂，雙肩和胸口之上共有五個腦袋，四條粗壯象足外側另架設著機械外骨骼作爲輔助，身上還有小型平台，上頭駐紮著全副武裝的士兵，背上揹著特製的巨型營養補給箱，能夠讓堡壘在不具備長生基因情形下，長時間維持身體機能。

此時的堡壘，並不像上一次守禦戰時只能坐守原地，而是主動出擊——康諾博士強化了堡壘身體內提供動能的臟器，使堡壘能夠更有效率地利用體內儲存的能量來驅動巨大的身體，同時，康諾博士也改良了營養液，進一步延長堡壘的活動時間或活動強度。

另一方面，第五研究本部也派出了新型的補給車，緊隨在堡壘身後，能夠隨時補給堡壘所需能量和必要的醫護救治。

「原來我們的堡壘這麼厲害……」大堂哥交叉著手，目不轉睛地盯著螢幕牆上數個分割畫面。

在第一波的攻勢中，第五研究本部出動了四隻堡壘協同數隊獵鷹隊，迎戰敵方攻入的六隻破壞神和數百隻白日羅剎，經過了數十分鐘的交戰，袁唯一方的破壞神便被盡數擊斃，殘存的白日羅剎四處竄逃。

「不能大意。」斐霏搖搖頭，說：「袁唯這批破壞神，和上次敗給我們的那批傢伙沒有差別。前幾天擊敗漢隆的那東西，應該才是他們真正的實力，他們仿製的蟻虎和飛空阿修羅都還沒出動，我們也按兵不動。」

「嗯……」大堂哥點點頭，一雙異色眼睛不停轉動著，他的神情顯得複雜，一會兒顯得期待興奮、一會兒卻又表現得緊張無措，他將身子貼近斐霏，低聲說：「霏，妳覺得我們能贏？」

「這……」斐霏頓了頓，說：「袁唯背後有南極的杜恩撐腰，據說杜恩已經趕來幫助袁唯，先前擊敗漢隆的那隻『奈落古魔』，應該就是杜恩帶給袁唯的一份大禮，袁唯信心滿滿，手上肯定還有王牌。但我們第五研究部也不是紙糊的，我們的全球戰情還是佔了上風，越來越多國家倒向我們，現在我們得到康諾博士相助，研究室每天都有新進展，這場戰役拖得越久，我們會越來越強。」

「……是嗎？」大堂哥點點頭，青黃眼睛閃爍不定，心中似乎還有些事情拿捏不定。

「報告！惡魔之腸多處入口有敵軍潛入——」會議室裡一角發出這樣的報告。「是敵人的仿蟻虎！」

巨型螢幕牆上立刻躍出數個分割畫面，全是第五研究本部地底那被稱作「惡魔之腸」的蟻虎巢穴甬道的內部監視畫面。

第五研究部這地下蟻虎巢穴，範圍甚至超出整個本部園區，甚至擴及一般民居市鎮地底，此時袁唯一方的蟻虎分別自外圍數十個入口，一齊擁入惡魔之腸，浩浩蕩蕩地向第五研究本部推進。

惡魔之腸交錯複雜，除了蟻虎專用的細窄通道之外，也有許多能夠供成人通行的大型甬道，平時這些寬闊甬道主要用於運輸建材、供人員出入檢查機房設備等等，到了戰時，便成爲了能夠隱匿藏身、行軍突襲的地下戰道。

「誘敵。」斐霏下令。

只見甬道中第五研究部的蟻虎，零零星星地自蟻穴中鑽出，前仆後繼地迎向袁唯一方的仿蟻虎大軍，雙方數量差異極大，第五研究部的蟻虎防線瞬間便讓仿蟻虎淹沒。

仿蟻虎大軍持續推進，後頭，跟入了一些怪異惡獸，這些惡獸都是白日羅剎，更之後，更跟著提婆級別等級的兵器和夜叉團。

「讓他們繼續深入。」斐霏緩緩地說。

「霏……」大堂哥見袁唯的仿蟻虎大軍就像是潮水一樣源源不絕地灌入惡魔之腸，填滿了數十條甬道、快速向園區內部淹入，不禁有些坐立難安；袁唯那方的仿蟻虎數量遠遠超出了他們原先的預估，大堂哥挪動了身子，望了斐霏幾眼，欲言又止，似乎想催促斐霏儘快下達反擊命令。

但斐霏半揚著的手止在空中，凝神望著巨型螢幕牆。

同時，本部園區外頭走來一個巨大傢伙——

奈落古魔，孫行者。

同一時刻，遠方那團緩緩近逼的鳥人黑雲，在距離園區上空數百公尺處停下，一批天使裝扮的大傢伙自那黑雲團中飛出，高舉著手上長戟、銳劍等兵器，耀武揚威地向己方軍團呼嘯喊話。

「二姊，猴子來了——」斐漢隆的聲音，自擴音設備中響起。

巨型螢幕牆上某個畫面緩緩放大，那是一處漆黑的建築內部，斐漢隆一身迷彩軍服、全副武裝，雙眼綻放紅光。

「漢隆別急，等那猴子踩進獵殺點。」斐霏說：「你得克制自己，你身上的傷還沒痊癒，體內的阿耆尼基因也不穩定……」

「克制？」斐漢隆冷笑兩聲。「我盡量……」

「斐霏小姐，敵人空軍逼近了，火炎山防軍要求出戰！」

「仿蟻虎距離惡魔之腸中央地帶只剩五百公尺。」

「本部外圍第二波攻勢來了，巨猴獸逼近狩獵點。」

作戰會議室響起一聲又一聲的戰情通報，斐霏站了起來，雙手按著桌面，神情專注，只見巨型螢幕牆右端十來個惡魔之腸的畫面，十數支袁唯仿蟻虎大軍逐漸在一處寬闊空間中會合，那空間高度不到兩公尺，卻有數十坪寬闊，那空間已達本部園區內部，方位就在總部大樓正前方三百公尺處。

同時間，奈落古魔孫行者邁開大步，往園區正門跨來，牠一身華麗漆黑戰甲，戰甲上刻著許許多多骷髏、惡鬼之類的圖案裝飾，右手拖著一根黑色巨棒，那巨棒是整棵樹幹削成，外頭覆著鐵皮。

孫行者仰長了脖子，掄著左拳，不停搥擊起自己胸膛，發出凶惡的咆哮示威聲，牠來到了本部園區正門前，猛地一縱身，便躍過了五公尺高的園區圍牆，轟隆隆地落地。

更多更多的白日羅刹、夜叉，隨著孫行者翻過了牆，展開第二波突擊。

又同時間，天際上方的鳥人軍團，在十幾隻裝扮成天使樣的阿修羅領軍之下，緩緩開始下降。

「攻擊。」斐霏終於下令反擊。

火炎山山間陡然閃現起一陣光亮，那是布署於山間的M167火神式防空砲、地對空飛彈裝置、持著火箭筒和機槍的單兵同時對空開火，所產生出的光亮。

密集的火網立即造成鳥人軍團的重大傷亡，中彈的鳥人們雨般地向下墜落。更多沒有中彈的鳥人，藉由擋在前頭的同伴肉身，向下急竄，直取那些防空砲台。

十數座防空砲台旁都擺著巨大貨櫃，士兵們見鳥人逐漸逼近，便揭開貨櫃箱門，只聽得裡頭發出一聲又一聲啼鳴，飛湧出來的，是天空戰鬥團的大黑烏鴉。

擁出貨櫃的黑烏鴉們在防空炮前集結護衛，攔阻著俯衝飛下的鳥人大隊，砲台旁的獵鷹隊夜叉們舉起巨大左輪，帶領著武裝士兵們與落地的鳥人展開接近戰。

轟隆一聲，一個長著白色羽翼的高大傢伙落在一處砲台斜前方，那是袁唯那方的天使阿修羅。

天使阿修羅外觀看上去如同雕像般美麗，沒有特別性徵，一手揚著十字大劍，一手舉著白銀盾牌，直直攻向防空砲台。

數名獵鷹隊夜叉尚未擺出對付阿修羅的狩獵陣勢，便被那天使阿修羅揮劍斬成了數截。

攔下這天使阿修羅的傢伙，是斐家飛空阿修羅赤腹。

赤腹化出六臂，一手持槍、一手握拳，四手抽出掛在腰間腿側的戰刀。

天使阿修羅似乎是察覺出眼前的敵手，是與自己相同等級的強悍戰士，他抖了抖肩，也展出另外四手，自腰間和背後懸著的劍鞘拔出餘下四柄長劍。

隨之而來的，便是阿修羅級別的激昂烈鬥——

另一邊，在火炎山對空戰展開的同時，本部園區地底惡魔之腸中的情勢，也隨著斐霏的下令而陸生變化。

十數隊朝向一處空曠地帶集結的仿蟻虎大軍隊伍，紛紛出現騷動。

那如同迷宮般的複雜甬道，落下一道道阻隔牆，本來的甬道側牆則出現了一些新的洞孔。

便如此，十數隊猶如長龍的仿蟻虎大軍，以及跟在後頭的提婆、羅刹等，一下子被分隔成了上百支獨立隊伍。

而那些自牆面新開啓的洞孔，開始擁出斐家蟻虎大軍。

這一波波四處湧出的斐家蟻虎軍團裡，還有一種先前未曾出現的特化巨型蟻虎。

比起僅有便當盒大小的蟻虎和仿蟻虎們，第五研究本部特化巨型蟻虎的體型接近一頭成年山豬大小。

蟻虎和仿蟻虎們各自張開牠們的大顎，凶猛地箝咬起對方，雙方蟻虎們的斷肢殘骸快速堆積起來。

袁唯一方的仿蟻虎儘管在智能上高出一截、速度快上一些，但在這四通八達的狹窄蟻穴甬道之中，這些微的智能和速度差異對戰情並沒有太大影響。

相反地，仿蟻虎大軍被阻擋牆隔成上百團獨立小隊，彼此難以支援，而第五研究本部則仗著地利和嚴密的監視設備，對自家蟻虎進行更爲精細的作戰指示，數個專門小組透過甬道中能夠散布特殊氣味和聲波的裝置，調度一隊又一隊的蟻虎，集中兵力逐一攻打那些被阻擋牆擋住去路的仿蟻虎們。

加上那特化兵蟻蟻虎，嘴上一對大顎如同一雙斬刀，一張一闔能夠一口氣咬死七、八隻仿蟻虎。

被阻擋牆分隔成上百支小隊伍的仿蟻虎和提婆、羅刹、夜叉團等袁唯部隊，進退不得之下，開始破壞起阻擋牆，這些阻擋牆材質並不特別堅實，提婆級別的戰士即便徒手也能破牆開路，但這惡魔之腸本便複雜如同迷宮，在這錯亂惡戰之際，擊碎了阻擋牆的提婆、夜叉們，一時間竟分不清東南西北，僅能盡力與一波又一波襲來的蟻虎大軍惡戰——

本部園區正門方向，一片如同海嘯般的大軍淹過了圍牆，往園區四周散開。

轟隆數聲巨響，一間廠房的屋頂給整個掀開，那是孫行者大步向前邁進時，順手對身邊建築的破壞。

「吼吼——」孫行者自那建築屋頂摘下一片巨大鋼片，舉臂高揚，跟著狠狠地朝站在牠前方數十公尺處的兩隻堡壘擲去。

兩隻堡壘同時揚起幾條觸手，啪地擊落那飛來的鋼片，隨即停下動作，一動也不動地駐守原地。

「吼吼！」孫行者仰頭高呼一聲，邁出的步伐逐漸加大，朝著兩座堡壘奔去。

「準備。」斐霏的聲音，與擴音設備中斐漢隆的聲音同時響起。

轟——

巨大的火焰在兩隻堡壘前十數公尺處炸開——

地雷。

轟轟！轟轟轟！孫行者儘管擁有破壞神級別的肉體力量，但牠的腦袋顯然完全無法理解爲何自己腳下的地面會突然爆炸，牠被劇烈的爆炸威力震得東倒西歪，四周全是熊熊烈火，但爆炸並未停止，而是一波又一波，有從天上落下來的、有從平面射擊來的，那是阿帕契的地獄火飛彈和埋伏在四周的武裝士兵射來的火箭。

這一連串的爆炸將四周的廠房也炸成了一片火海。

「吼！吼吼——」孫行者怒吼著，揮動巨棒亂掃，牠在滾燙的烈焰中勉強睜開眼睛，隱約見到兩隻堡壘踏過火海向牠逼近，瞬間十數條長臂撲天蓋地般掃來，打在牠頭上身上。

孫行者痛苦且憤怒地吼叫，揮動大棒抵擋兩隻堡壘打來的長臂，但兩隻堡壘並不急攻，不停揮動長臂，遠遠地掃打孫行者。

四周的火焰燃得更旺了，孫行者身上的黑甲崩裂、毛髮幾乎燒落了，好幾次牠試著躍起，但數架阿帕契射下一記又一記地獄火飛彈屢次將牠擊回地面。

「吼——」孫行者奮力向旁一衝，像是想要逃出這片火海。

牠衝進了一旁建築的殘骸，裡頭還是火海，這整片地帶旺盛的火焰並非全由地雷和飛彈造成的，而是建築物裡頭本來就灑上了燃油，四周的武裝士兵不僅射來火箭，且還扔來汽油彈。

「吼——吼吼——」孫行者不停轉身，牠幾乎分不清前後左右，牠手上的大棒都給燒得斷了，牠一把揪住一條堡壘甩來的長臂，憤怒地將之扯斷，牠的力量大過堡壘許多，但堡壘不只一隻。也不只兩隻。

圍攻孫行者的堡壘，共有四隻。

全都不怕火。

這四隻堡壘身上的武裝平台上，依稀還可見到駐守其中的武裝人員——是獵鷹隊夜叉。

不怕火的獵鷹隊夜叉。

這支特殊獵鷹隊一身防火服，並沒有配備槍砲，而是持著一柄塗上防火塗料的長戟，他們自堡壘身上躍下，開始逼近孫行者。

「吼——吼吼——」大火壓制了孫行者的鬥性和力量，牠試圖逃出這火炎陣，但四隻堡壘和獵鷹隊，都受著精密指揮，先一步截斷了孫行者的逃脫路徑，不停將牠逼回火焰中心。

□

「那是阿耆尼基因，對吧。」狄念祖盯著筆電螢幕所顯示的本部園區中央那炙烈大火戰況，見到堡壘和獵鷹隊竟能浴火作戰，不禁嘖嘖稱奇，他隨口問著：「他們成功把阿耆尼基因應用在堡壘跟獵鷹隊身上了，所以他們不怕火，在平地上打不贏奈落古魔，就在火裡打……原來還有這一招，眞是厲害！」

「是啊。」趙水不置可否，以特殊工具揭開狄念祖左臂上的藥物注射器上蓋，操作一番，使注射器停止運作。

糨糊和石頭則是攏著一張流氓臉，凶神惡煞般地守在趙水和小洲身後，防止他們替狄念祖解除藥物注射器時動些手腳。

「呼——」狄念祖咬牙捏緊拳頭，讓小洲將穿過他胳臂肌肉的注射裝置整個拆下，四支金屬桿抽離胳臂肌肉時的疼痛，讓他無心觀看孫行者和堡壘之間的激戰。

半小時前，狄念祖盜用了吉米的通訊軟體帳號，發出假訊息，調走了守在斐家寓所十樓辦公室外的親衛隊成員，領著糨糊自逃生梯一路向下，來到五樓的閒置空間一角，敲破一扇窗，搭乘著糨糊和石頭變化成的簡陋升降梯一層層向下攀逃，避開了由大和領軍，重兵看守的一樓大廳。

由於狄念祖早已入侵了第五研究本部電腦系統，取得了最高權限，第五研究本部嚴密的監視系統，反而成為狄念祖觀察園區裡人員走動、士兵崗位的絕佳工具，他順利地帶領糨糊穿過重重防線，甚至襲擊了一名落單的研究員，換上研究員的衣服，繼續向前，一路找著了趙水所屬的研究室。

先前他與傑克談話時，便透過監視系統預先側錄趙水所屬這小研究室的監視畫面，再將這數十分鐘的錄影畫面，取代真正的即時監視畫面，跟著切斷了這小研究室的監視系統和通訊設備，大剌剌地推門進去。

然而趙水卻並未讓狄念祖的闖入給嚇著，反倒露出一副等他許久的神情。

上紗布。

「趙博士，其實你早知道我會來吧。」狄念祖拭了拭額上冷汗，讓小洲替他胳臂裹上紗布。

「這場仗，我不看好第五研究部。」趙水伸了個懶腰，轉身跨過糨糊和石頭的身邊，回到自己的座位上，拾起小半瓶威士忌，揭開瓶蓋，就著口喝。「有那麼一段時間，我以爲第五研究部眞能壓過袁唯，斐姊那時威風得不得了，這陣子氣氛不一樣了，袁唯的實力深不見底。」

「我懂你的意思。」狄念祖哼哼冷笑。「我這幾天時常盯著袁正男，我知道他在掙扎，在考慮要不要向袁唯投降。」

「這我倒不知道。」趙水這麼說：「我被調來這裡之後，除了替你裝上那東西之外，也沒啥事好做，袁唯那傢伙瘋歸瘋，但倒是尊重專業，給予我相當大的權限，斐家人沒有這樣的氣度，他們習慣事事一把抓，他們不信任我，我在這個地方沒有前途。」

「看起來你已經想好等袁唯戰勝之後，接收這裡時的投降說詞了。」狄念祖嘿嘿笑著說。「不考慮跟我走？」

「完全不考慮。」趙水哈哈大笑。「我對維護世界和平沒有太大興趣，且我也不想與袁唯爲敵。」

「很好。」狄念祖也不以爲意，他說：「如果我這次不幸又失敗，又落到了袁唯手裡，但我們還是可以愉快合作，互謀其利，到時候還要麻煩你關照小弟啊，但如果我成功逃出去了，以後我們就是敵人了。」

「好說。」趙水點點頭。

「哦，王八蛋來了，我得先走了。」狄念祖透過筆記型電腦上的數個分割畫面，見到吉米領著幾個傢伙四處搜尋，逐漸逼近這兒，便闔上電腦，起身準備離去。

「等等，你們不能就這樣走。」趙水突然這麼說，指著狄念祖的胳臂。「那東西是我裝上去的，只有我能夠輕易取下。」

趙水一邊說，一面將小洲喊來身邊。

將酒瓶瞄準小洲腦門重重砸下。

酒瓶碎裂，小洲應聲倒地，鮮血混著酒水緩緩流開

「喝！」狄念祖讓趙水的舉動嚇著了，但見他伸手指了指自個兒後腦，陡然會意。

「你要我打昏你？」

「是啊。」趙水點點頭。「我自己打不昏自己，只好請你幫忙了，記得走之前把這兒弄亂一點，別害我穿幫。」

「好。」狄念祖知道吉米隨時會到，便也不客氣地對糨糊和石頭下令。「糨糊，五秒鐘把這房間弄亂；石頭，打昏博士，但別打死他。」

「喔。」糨糊和石頭立刻動手，一個甩出黏臂，胡亂掃打；一個舉起石臂，在趙水後腦上敲了一下。

狄念祖拍了拍左手臂，領著小侍衛離去。

CH11 第一步

熊熊烈火之中，一個怪影掠過孫行者腰間。

「吼！」孫行者身子一震，腳步晃盪幾下，彎腰撫了撫膝蓋，牠的膝蓋捱了一刀。

唰——

怪影又自孫行者另一側竄過，在牠腰間也捅了一刀。

「吼呀——」孫行者暴怒狂吼，雙拳亂揮，那人影卻已不見，牠先受地雷和地獄火飛彈轟炸，又被大火燒灼許久，加上雙目經煙燻火灼，速度和反應可遠不如先前那場田野大戰。

四隻堡壘同時甩出數十條長臂，緊緊捲上孫行者四肢。

儘管孫行者的力量高出了破壞神級別的堡壘一大截，但牠已負傷，遭遇四隻堡壘齊力壓制，一時之間也無法掙脫。

人形怪影高高竄起，踩上孫行者後背，將戰刀送入孫行者後腦中。

是斐漢隆。

此時的斐漢隆，一身迷彩軍服幾乎燒成了灰燼，他赤裸著身體，體型未有太大變化，僅雙臂略粗，拳如龍爪，雙腿略微粗壯，腿上伸了些銳角。

除此之外，他一身紅羽，在火中緩緩浮動，幾乎與火同化。

更仔細看，他身上片片紅羽末梢，竟也燃動著火。

「實在……完美。」斐漢隆一手還按著插在孫行者後腦上的戰刀，望著自己右手掌，他的掌心隱隱浮現猶如毛孔般的小孔，稍稍施力，便燃起一手掌火。

「吼！吼吼——」孫行者發出了震天大吼，雙臂一展，扯斷了堡壘幾條長臂，奮力向後抱抓，卻抓了個空，斐漢隆早一步自孫行者後腦抽出戰刀，翻身躍到牠正面，將戰刀攢入孫行者心窩——

轟！再對孫行者的臉面，轟出一團烈火。

「漢隆，快出來，你身上雖有阿耆尼基因，但也無法在烈火中支撐太久。」遠處傳來斐霏透過擴音設備的呼喊。

斐漢隆雙眼閃爍著光亮，哈哈大笑：「我覺得這溫度很舒服，比三溫暖還舒服，待上一整天也不要緊啊！」

斐漢隆笑完，仍走出了火圈，收去身上那一身紅羽，兩名隨侍立時以溫水替他身體降溫，替他圍上寬大浴巾。

「二姊，妳也該試試這阿耆尼基因，太好玩了。」斐漢隆在吉普車邊，用對講機這麼說，突然聽見遠處發出一陣騷動，轉頭一看，又是一個巨大傢伙，遠遠地自園區本部外頭向裡頭走來。

□

「大堂嫂，剛剛火裡那人是漢隆嗎？如果是的話，我非常滿意。」袁唯的聲音在作戰會議室裡響起。

「你有什麼話想說？」斐霏冷冷地望著巨型螢幕牆上某個分割畫面，一分鐘前，袁唯傳來通訊要求，斐霏便也下令連接視訊畫面。

「沒什麼，這麼隆重的戰役，得向你們打聲招呼呀——」袁唯淡淡笑著，畫面裡的他，身穿一身雪白錦袍，坐在一架大型運輸直升機座艙裡，他輕輕拍了拍手，說：「我由衷地讚美你們，剛剛那場火，眞美。」

「如果死在火裡那人是你，更美。」斐霏這麼說。

「哈哈哈，那麼就請你們再加把勁，把火催得更旺些呀。」袁唯笑了笑。「暖身結束，正式的回合，要開始了。」

「我會如你所願。」斐霏揚起手，下令結束與袁唯的對話。

巨型螢幕牆上袁唯的分割畫面瞬間關閉，焦點轉回三處接戰熱區其中之一——地底惡魔之腸，第五研究本部憑著地利和那特化巨型蟻虎的優勢，將袁唯一方的仿蟻虎幾乎消滅殆盡，隨著仿蟻虎一同攻入的提婆、白日羅刹等也難能倖免，大都在尚未成功破壞阻擋牆之前，便讓蟻虎咬成了碎塊。

火炎山對空戰區那兒，第五研究本部有著大量對空武器，袁唯則有鳥人大軍，一陣亂戰，雙方打成了五五波，袁唯的天使阿修羅和斐家飛空阿修羅，也戰得不分上下。

而在園區正門外那大步進逼的傢伙，體型和那孫行者相比略顯矮瘦，全身皮膚呈鐵黑色，下身圍著獸皮甲冑，一顆光溜腦袋上生著兩支怪角，一對外突大眼殷紅嚇人，嘴上的獠牙突出唇外，雙手分別持著兩柄大斧。

奈落古魔——蚩尤。

前方，那擁入園區的白日羅刹、夜叉、提婆大軍，和第五研究本部的獵鷹隊、武裝士兵展開激烈游鬥，斐漢隆站在吉普車上指揮著四隻堡壘，並透過對講機與作戰會議室裡的斐霏商討戰情。

數架阿帕契返回後方基地，重新掛載飛彈，再次飛往前線，準備展開第一波攻擊。

轟——

一架阿帕契突然在空中打了個橫，歪歪斜斜地墜落，在園區某處炸出了火球。

斐漢隆訝異地仰頭張望，只見天上飛來零星的鳥人，似乎是火炎山那方漸漸守不著了。

轟！又是一聲巨響，又一架阿帕契在空中發出巨響。

斐漢隆這次看清楚了，那阿帕契上插著一柄尖叉，但阿帕契四周卻無鳥人，轟轟——

又兩柄尖叉閃電般地飛來，一柄穿透駕駛座，削去那駕駛腦袋，另一柄穿進機身，這架阿帕契立時歪斜墜毀。

「怎麼回事？天上有什麼東西？」斐漢隆訝然怪叫，他所處位置被某些建築擋著，瞧不見天空另一端，他吼著吉普車駕駛，加速繞道，想繞到建築另一邊，仔細看看那尖叉究竟從何而來。

「那是天狗？」斐霏的聲音自對講機響起。

乘著吉普車繞過建築的斐漢隆也同時看見園區另一端，一批袁唯鳥人大隊已經佔據了半邊天空，帶頭的除了幾名天使阿修羅之外，還有個巨大怪物，那怪物背上生著兩對黑色大翅，一身日本服飾，臉上帶著暗紅色的長鼻面具，那模樣活脫就是日本神話中的「天狗」。

天狗背後腰間繫著一只大簍子，裡頭裝著數十柄電擊尖叉，他從中又抓出一柄尖叉，按下放電開關，倏地擲出，又射中一架阿帕契。

「又是袁唯那什麼奈落古魔？」斐漢隆瞪大眼睛望著那天狗，只見那天狗體型雖然不及孫行者和蚩尤高大，但身手靈活許多，加上能夠飛天，身旁又有整隊鳥人護衛，可沒辦法像對付孫行者那樣對付天狗。

斐漢隆轉頭看了看跨入園區的蚩尤，心中隱隱感到不妙，便不曉得袁唯一口氣要派來幾隻古魔，他急忙地透過對講機問著斐霏。「二姊，火炎山那邊情形如何？」

「守線崩潰了。」斐霏聲音聽來有些苦澀。「我們的M167防空砲陣被突破了，那邊也出現新的破壞神級別的兵器——應該、應該也是杜恩帶來的古魔之一。」

「是什麼東西？」斐漢隆問。

「是……是一隻狐狸。」斐霏答。「一隻巨大狐狸，有好幾條尾巴。」

奈落古魔——九尾狐。

與斐漢隆同車的隨侍遞來了筆記型電腦，上頭有著與作戰會議室的連線畫面，在火炎山防線那兒，清楚可見有頭和貨櫃車一般大小的褐色狐狸，揚著九條尾巴，耀武揚威地肆虐著。

第五研究部在火炎山間布署的防空砲台幾乎都讓這頭九尾狐破壞殆盡，數名天空戰鬥團的飛天阿修羅，也被袁唯一方的天使阿修羅絆住分不了身。

數百隻鳥人持著尖叉，突破了火炎山的防空陣線，飛入第五研究本部園區。

由於園區之中也布署著防空砲和各式機槍，那些鳥人一時之間，也無法佔得便宜。

「二姊，我去正門對付那大傢伙，妳想辦法拖住狐狸，別讓牠攻進來！」斐漢隆這麼說，跟著指揮著吉普車，準備轉往迎戰攻入正門的蚩尤。

「備用堡壘全部出動，在西側布署防線，攔住那狐狸！」斐霏急急下令，又吩咐了幾句，螢幕牆上立時彈出實驗室裡的監視畫面。

園區內某處實驗室內，一張金屬床沿坐著一個高大老者，老者極瘦，雙目卻炯炯有神，雙手托著一只保溫杯，靜默無語，這老者是麥老大。

「麥老大情況如何。」斐霏問。

「還不差——我是指麥老大的身體。」康諾博士回答，他手上也提著一只保溫杯，裡頭裝著熱茶，他喝一口，床沿上的麥老大也喝一口。

「而他的心智，再也無法恢復。」康諾拍了拍麥老大的手背，眼神中流露著深深的憐憫。「我已除去了他腦袋裡的寄生蟲，但他的腦受到傷害，救不回了。」

「派他立即出戰——」斐霏這麼說，跟著轉頭，輕聲對大堂哥說：「正男，我想派聖美出戰，她是我們滲透進三號禁區、控制麥老大的棋子，現在麥老大只聽她的話。」

「這個嘛……」大堂哥考慮半晌，點點頭，朝身後的聖美使了個眼色，說：「好吧，妳上。」

「是。」聖美領了指示，二話不說，帶著寶兒和玉兒匆匆出戰。

「老闆，我也去幫忙！」月光見聖美要走，便也自告奮勇。

「等等——」大堂哥喊住月光。「妳留下來。」

「正男，現在情況緊急，我想借你那批親衛隊用，他們當中不乏好手。」斐霏這麼說，跟著指了指月光。「包括她。」

「現在還不是時候。」大堂哥扠起手，壓低聲音說：「我會視情況調度我的人，妳不用擔心，好好負責妳現在的崗位。」

「是……」斐霏微微皺眉，瞥了月光一眼，神情中隱隱露出一絲怨毒。

月光有些不知所措地領著米米，回到大堂哥身後，靜靜站著。

□

「總算被我找到了，你這小子……」吉米望著面前的狄念祖，咧嘴笑著。

「看起來你找得很辛苦。」狄念祖攤攤手，三分鐘前，躲藏在這處實驗室後方倉儲房舍外頭幾棵樹下的他，被吉米的手下發現，輾轉通報之下，附近的吉米立時領著七八名親衛隊成員將這地方團團包圍。

「你手上的東西。」吉米見到狄念祖左臂上那藥物注射器已經取下，不禁倒抽了口冷氣，一連後退數步，嚷嚷吩咐手下：「快……通知威坎，叫大和來，這小子把注射裝置拆啦……」

吉米吆喝半晌，猛然一呆，瞇起眼睛，盯著狄念祖左臂猛瞧，跟著說：「你剛剛才拆下注射裝置。」

「拆下很久囉。」狄念祖打著哈哈。

「不。」吉米嘿嘿笑著，扭了扭脖子，向前走了幾步，雙手一攤，九隻手指化爲褐黑觸手，蚯蚓般捲動著。「你身體裡有長生基因，但你手上的血跡十分新鮮。」

「哦，眞聰明，給你拍拍手。」狄念祖點點頭，他左臂上那四個讓金屬桿穿透的傷口，自然不可能一下子痊癒，即便小洲替他包裹上紗布，但鮮血依舊透衣滲出，染紅了大半邊袖子。

「你現在的力量還沒恢復，藥效沒那麼快退。」吉米甩了甩九指觸手，面露凶光，一步步近逼狄念祖。「自以爲聰明的小子，這下終於落在我手上了吧，我等不及看你在我面前下跪，哭著求我饒了你的樣子。」

「你的興趣跟你整個人一樣低劣。」狄念祖輕鬆倚在樹邊，啞然失笑。

「哼。」吉米見狄念祖一派輕鬆，又見他頭頂上方那棵大樹樹葉濃密，擔心樹上另有埋伏，便朝身旁兩名親衛隊成員使了個眼色，說：「把那小子給我揪過來。」

兩名親衛隊成員立時動身，竄到狄念祖身前，一左一右地揪著狄念祖胳臂，將他拎到了吉米面前。

「跪下。」吉米張揚著九指觸手，像是在盤算著該給狄念祖什麼樣子的苦頭吃才好。

「要我跪，沒問題，但我想問你一個問題，你也會感興趣。」狄念祖微笑地說。

「嘴巴長在你臉上，你想問就問，想罵我也行，你罵你的，我玩我的。」吉米嘿嘿冷笑，抖了抖右掌觸手，五隻觸手狀的手指外表，突然冒出一支支尖刺，他便以冒出尖刺的觸手，輕輕拍了拍狄念祖的臉。「不過不管你想問什麼，還是得跪下……」

「你真的相信第五研究部會打贏這場仗？」狄念祖淡淡笑著，任由吉米那帶有尖刺的觸手，在他臉上拍出點點鮮紅。

「你什麼意思？」吉米呆了呆，將右手略微遠離狄念祖的臉頰。

「你忘了我是袁唯欽點的奈落王嗎？」狄念祖說。

「……」吉米陡然會意，知道狄念祖意思是倘若第五研究部兵敗，那不論是自己還是狄念祖，又得重新回到袁唯麾下，做其鷹爪或是玩物。

吉米眼中露出凶惡眼神，說：「那又怎樣？就算回到袁唯老闆身邊，我還是紅人，你只是他的大玩具，當時在奈落的時候，我也是最高負責人！你以爲我不敢動你？」

「嗯，你確定？」狄念祖笑了笑，說：「我是大玩具沒錯啊，所以也無所謂背不背叛，但你就不同了，你看看你現在這樣子，你當斐家親衛隊長倒是當得很過癮吶，你覺得袁唯會怎麼看待一個向斐姊磕頭的叛徒？」

「我有什麼辦法，我是被迫的！」吉米猛地揚起手，甩出觸手，捲上狄念祖頸子，惡狠狠地說：「你這小子，我知道你想拖延時間，等藥效退去，你想趁亂逃跑，對吧！你以爲我會上你的當？給我跪下！」

吉米掐著狄念祖頸子，按著他逼他下跪，狄念祖被掐得滿臉紅漲，仍死撐著一張笑臉，雙腳直直伸著，硬是不彎膝。

吉米讓狄念祖那副滿是嘲諷的笑臉瞧得怒火沖天，伸出另一手抓住狄念祖左胳臂，以手指觸手胡亂掐挖他胳臂上的傷口。

「唔——」狄念祖被掐得說不出話，手臂劇痛難當，喉間卻忍不住發出嘶嘶笑聲。

「混蛋！」吉米見狄念祖不怕折磨，卻又不能當真掐死他，氣憤難當，一把將狄念祖摔在地上，甩出觸手，狠狠在狄念祖身上抽了幾下，他那猶如荊棘的五指觸手，將狄念祖打得皮開肉綻。

「這種小傷，我根本不放在眼裡。」狄念祖撐著身子緩緩站起，還沒站直，又被吉米一鞭甩倒在地。

「你害怕嗎？害怕斐家戰敗之後，袁唯不要你了對吧？」狄念祖倒在地上，僅用手護著頭，任由吉米以觸手鞭他，嘴裡卻仍滔滔不絕喊著：「你被改造過了吧，你身上被烙上斐家的印記，你應該很清楚袁唯的個性，他是個偏執狂，絞盡腦汁設計出一個畸形的宗教世界，只讓他欣賞的角色進入那個世界的最高殿堂，而你呢？你現在是個怪物，比我這個毛八還不如，就算袁唯讓你重返他的國度，你這噁心的怪物也只能當我奈落王的小爪牙，你怕死了對吧，難怪你恨我入骨，哈哈哈哈！」

「閉嘴——」吉米雙眼幾乎要噴出火來，他暴怒一吼，臉頰浮現條條褐黑色筋脈，他被狄念祖說中了心中隱憂。

「這幾天你逮到機會就遊說大堂哥向袁唯投降……」狄念祖抹著臉上血跡說。「你說袁唯心胸寬大，只要他投降，必然會讓同姓血親的大堂哥，也分得聖泉基業一部分，我……我還知道，你向袁唯通風報信。」

「你……」吉米聽狄念祖這麼說，憤怒之餘，還陡生起莫名的恐慌，他再次揪起了狄念祖，瞪大眼睛問他。「你怎麼會知道？」

「你忘了……我是駭客啊……」狄念祖嘿嘿笑著說：「我入侵了這裡的監視系統，偷窺你們的一舉一動，我聽見你和大堂哥說話，你知道斐霏被袁唯洗腦……也知道她將斐姊跟斐小弟，關在十二樓實驗室……她騙斐漢隆，說斐姊和斐小弟是因爲鳳凰基因改造過程出了問題，所以才久閉不出……我都偷聽到了，好精采！」

「那又怎樣——」吉米憤怒地賞了狄念祖幾拳和幾巴掌，說：「你想告訴誰呢？我告訴你，其實大堂哥早就決定要向袁唯投降了，現在只是做戲而已，袁唯從沒想過要消滅第五研究部，第五研究部是聖泉的、是袁家人的，他想要消滅的只有斐家，你知道斐漢隆爲什麼被攔截嗎？」

「我知道啊……」狄念祖被打得眼冒金星，但仍笑著說：「是你向袁唯通風報信，我看過你的簡訊備份。知道我是怎樣入侵你的手機嗎？我攔截到你的網路封包，知道你上哪些網站，你愛看色情影片，我就攻下那些網站後台，放幾個木馬偽裝的假檔，你就乖乖上當啦……哈哈……」

「然後呢？你很得意嗎？」吉米揪著狄念祖，猙獰怒笑地說：「我現在就帶你去見斐霏小姐和大堂哥，你可以親口對他們說你的大發現。」

「嗯……」狄念祖打著哈哈說：「得晚點才能見到他們啦……我想，我們可能會先見到斐漢隆……」

「你什麼意思？」吉米咦了一聲。

「那邊……」狄念祖抬起手，指著數公尺外那倉儲房舍一扇窗，說：「我的小手下們，躲在裡頭替我傳檔案給斐漢隆呢，算算時間，差不多傳完了吧。」

「什麼？」吉米猛然一驚，望向那倉儲房舍，果然見到糊糊湊在窗邊探頭探腦，便急急地問：「你傳什麼檔案？」

「幾段你跟大堂哥談話的影片，雖然大堂哥每次都記得指派手下暫時關閉監視功能，但被我悄悄開啓了。」狄念祖指著那倉儲房舍說：「我一直躲在裡面玩電腦，檔案傳到一半，你的人越來越近，沒辦法，只好出來逗你說點廢話……你說得對，我確實在拖延時間，不過的不是拖的不是藥效，而是你的命，斐漢隆要是收到影片，大概會氣到爆炸喔……」

「把他們通通給我揪出來——」吉米聽狄念祖這麼說，暴跳如雷地指著那倉儲房舍大吼：「殺了那些小侍衛，把他電腦砸了！」

「是！」數名親衛隊成員立時衝往那倉儲房舍，氣急敗壞的吉米也掐著狄念祖頸子，將他拖往那房舍，似乎想在斐漢隆趕到前，一舉將這些人證物證全湮滅了。

兩名親衛隊成員踹破了房舍小門，衝了進去。

只聽見裡頭傳出重重的轟隆聲，兩名親衛隊成員再無聲息。

「裡面發生什麼事？不過就是幾個女奴侍衛失敗品呀——」吉米暴怒大吼，單手掐著狄念祖，揚起另一手，五指觸手在空中甩動，指揮著親衛隊成員們殺進那倉儲房舍。

那房舍裡擺著數面大櫃，囤放各種儲備物品，末端與實驗室相連，有些轉折死角。

又兩名親衛隊成員搶在最前頭，衝入通往實驗室的轉角，只聽見一陣騷動，兩名親衛隊成員一個轟隆飛了出來，癱暈不醒；一個則無聲無息。

「喝！」吉米這才警覺到不妙，意識到他口中那女奴侍衛恐怕沒有想像中容易對付，然而狄念祖那番話卻又難辨真假。如果是假，他大可直接將狄念祖抓回作戰會議室任由斐霏發落；但倘若是真，他也得趕緊將這消息通報給斐霏和大堂哥來商討對策，無論如何，他至少得弄清楚才行。

「哇──」就在吉米焦躁猶豫之時，突然覺得掐著狄念祖頸子那手腕一陣劇痛，他連忙鬆手，只見手腕上插了個怪模怪樣的小東西，那小東西狀如一柄匕首，露在手腕上的半截，卻有著兩顆小小的圓眼睛──

是小侍衛湯圓。

狄念祖一直將湯圓藏在口袋裡，直到此時，才取出攻擊吉米，他一掙脫箝制，立時往房舍深處逃，繞進那通往實驗室的轉角。

「站住！」吉米氣急敗壞地追上，繞過轉角，可嚇得魂飛魄散。

轉角後站著一個人。

一個擺好了攻擊架勢的威武老人——

酒老頭。

轟！酒老頭扎實一記頂肘，直直轟在吉米心窩上，將吉米整個人轟得撞倒了兩張大櫃。

其餘親衛隊成員一擁而上，將埋在雜物堆裡的吉米拉起，吉米驚魂未定，正想開口問那酒老頭從何而來，跟著便聽見身後一聲碰撞聲響，回頭，是面大櫃轟隆朝他倒來，吉米身旁的親衛隊成員立時出手擋住那大櫃。

倏倏倏倏——

數道銀光閃爍，伸手阻擋大櫃的親衛隊成員，手或腳都讓刀刃射中。

百佳自房舍某處櫃後現身，手上還拿著幾柄小刀。

小次郎自房舍牆上某座層架上躍下，吼叫一聲，吆喝著踩上那倒下的大櫃，踏著那大櫃往吉米身上壓去，將吉米下半身壓在大櫃底下。他雙手拿著一雙短武士刀，腰間還懸著兩把短武士刀，二話不說，一刀便斬下一名企圖攻擊他的親衛隊成員腦袋。

酒老頭自那轉角走出，身後還跟著豪強、鬼蜥，以及一名老者——替酒老頭頂下華江賓館之任的壽爺。

小小的房舍之中，酒老頭、壽爺等人與餘下的親衛隊成員展開一場小規模激戰，數分鐘內，便將親衛隊成員擊斃或者擊暈。

渾身浴血的狄念祖，則在糨糊和石頭攙扶下，走出轉角，嘿嘿笑著來到被大櫃壓著的吉米身旁，自他手腕上拔出湯圓。

本來化爲匕首狀的湯圓，一回到狄念祖手上，立時回復球形，在狄念祖手心上彈蹦兩下，躍上他肩頭。

「吉米兄，人生無常，風水輪流轉，你說是吧。」狄念祖朝著吉米的鼻子輕踹一腳，跟著向糨糊和石頭下令。「把他弄出來。」

吉米立刻被糨糊和石頭粗魯地拉出大櫃，他一見到這批華江賓館的舊識，雙腿一軟，幾乎站不直身子，石頭便架著他。

「幹嘛這麼見外？」狄念祖扠著手，對著吉米說：「這裡每個人你都認識，除了壽爺當時不在之外，我們全都在你的黑雨機構度過了一段難忘的時間。」

吉米身子哆嗦、牙齒打顫——

百佳戴著墨鏡，朝著吉米走來，將墨鏡摘下，裡頭是漆黑如墨的雙眼。

小次郎拖著一條巨大松鼠尾巴，也走向吉米，雙眼一瞪，充滿殷紅血絲。

豪強抖了抖鼻子，兩隻獠牙一下子伸長一吋，凶狠地瞪著吉米。

鬼蜥搖搖晃晃地走到吉米身邊，在他身上嗅了嗅，眼睛閃爍不停。

「鬼蜥，冷靜點。」酒老頭揚起一枚小勳章，上頭刻有一個「殺」字，鬼蜥見了那勳章，立刻後退兩步，仍歪著頭打量著吉米，滿臉盡是狐疑。

吉米一個哆嗦，尿了出來。

這些傢伙，每一個都跟他有著不共戴天之仇，他們身上的慘狀，全都拜吉米所賜。

「酒老，剛剛狄大哥踹了他幾腳，我也要。」小次郎舔著武士刀上的鮮血，跟著舉起另一柄刀，露出一副想從吉米身上切下些東西的模樣。

「不不不。」狄念祖猛然搖手，說：「現在不是時候，我們先辦正事，好嗎？」

「看到這個雜碎，我什麼火都上來了，還辦什麼正事！」豪強吼叫一聲，嘴裡獠牙伸得更長，指著吉米破口大罵。

「對啊，我非殺了他不可，我要足足殺上一千刀。」小次郎尖叫。

百佳默默無語，但已經舉起了小刀，隨時都要射來。

鬼蜥儘管畏懼酒老手上那張小令牌，但他盯著吉米的雙眼流露出可怕的怨恨，他認出吉米了。

那個害死他老婆青蜥的人，就在他面前。

「吼——」鬼蜥喉間發出了如同厲鬼索命般的聲音。

「等等！大家冷靜。」狄念祖見眾人幾乎不受控制，急忙大喊：「你們難道忘了貓兒？你們不想救她？」

「貓兒還活著？」豪強哇地一聲，拉住狄念祖胳臂。

「什麼？貓兒姊也在這！」小次郎尖叫著，拉著狄念祖另一手，嚷嚷起來：「快去找她，她怎麼了？」

「貓兒的情形難以用言語解釋，你們得自己看才明白。」狄念祖這麼說：「但先別殺吉米，要救貓兒，得拿他當人質，你們千萬記住這點。」

「你們要聊到什麼時候，外頭有客人來了。」酒老頭懶洋洋地伸了個懶腰，指了指倉儲門外。

狄念祖探頭望去，只見外頭來了一隊親衛隊成員，領頭那傢伙正是威坎，後頭還跟著古奇、大和、向城和強邦。

狄念祖看了外頭那陣容不禁暗暗叫苦，這才想起剛才在外見到吉米的第一時間，吉米見他手臂上並無注射器，曾吆喝手下求援，此時正是救兵趕到。

「先別動手。」狄念祖見身旁的小次郎一副迫不及待想出外大戰的模樣，連忙阻止了他，指著後頭說：「準備一下，我們從下面走。」

「從下面走？」小次郎驚叫：「不是說要水攻？現在下去不淹死啦？」

「沒有我的通知，他們不會放水。」狄念祖搖搖頭：「順序不能弄錯，水一放，怎麼救貓兒。我現在力量沒恢復，出去打不贏他們，我們押著吉米當人質，誘他們下地道，我有辦法在地底贏他們。」

「照狄念祖說的做。」酒老頭低聲吆喝，將眾人趕進了實驗室裡。

狄念祖差使糨糊和石頭押著吉米，親自斷後，一面在吉米耳邊說：「吉米老兄，接下來我每一個命令，你都得照做，你如果猶豫或是抗拒，我也不會說第二次，我會請百佳或是小次郎對你說，你聽懂了沒？」

「是……是是……」吉米儘管也進行了身體強化的改造工程，但自然不及華江賓館這批傢伙，他曾是黑雨機構的最高負責人，黑雨機構裡一堆殘酷實驗和刑求把戲，許多都出於他的點子，而這批華江賓館成員們，可是他那些殘酷把戲之下的受害者。

他知道這些傢伙每個都亟欲剝他皮、食他肉、啃他骨，他見了百佳和鬼蜥，便如同見到索命鬼，此時腦袋裡只剩下恐懼，其他什麼也沒有了，他對狄念祖的指示一點也沒有抗拒的意思，只能連連點頭稱是。

「吉米大哥，裡頭發生什麼事？」古奇受了威坎指示，走入了倉儲房舍，見到裡頭狼藉一片，幾名夥伴橫七豎八地倒著，不禁訝然，跟著又見到狄念祖站在廊道轉角瞅著他笑，一旁是讓糨糊和石頭押著的吉米，不由得驚呼一聲。

「你們老大落在我手上，想救他，跟上來吧。」狄念祖這麼說完，立刻指揮糨糊和石頭，押著吉米向後撤退。

他們轉入那實驗室一扇不起眼的小門裡，裡頭是一個一坪大的小空間，散落著破碎的水泥塊，地板有一處掀開來的鐵板，這兒曾是惡魔之腸的入口之一，之後更改設計，封了起來，平時無人看管，僅有數名研究員在這間實驗室裡進行普通的維護工作。

狄念祖從第五研究本部的地圖和某些機密資料中發現了這處絕妙地點，便將這兒納入了他的大反攻計畫之中。

他在離開趙水那兒之後，一路趕來，利用第五研究本部的電腦系統發出假訊息，調走了這兒的值班研究員，然後便指派糨糊和石頭等小侍衛在這兒拆除封印鐵板的水泥，接應趕來的酒老頭等人。

他從監聽吉米與分頭巡邏的親衛隊成員手機的通訊中得知，吉米的搜索範圍已經逐漸接近，他深怕事跡敗露，只好親自出馬拖延時間，讓糨糊和石頭繼續工作，直到瞥見糨糊在窗邊向他打來暗號，這才誘吉米攻門，讓趕到的酒老頭等人動手，制伏那些親衛隊成員。

眾人循著那地道入口一路向下，來到了底下的蟻虎甬道，甬道之中並無蟻虎，這是條廢棄甬道，且狄念祖事先做足了準備，甚至能夠直接遠端控制惡魔之腸裡的機關，能夠開啓或是關閉甬道牆上那些蟻穴。

「狄大哥，老實說，如果前兩天你沒和我們聯絡上，我們就要自己攻進來啦。」小次郎跟在狄念祖身後，替他斷後，上方隱隱聽見威坎等人一路追下的聲音。

狄念祖向糨糊討了筆電，一手托著筆電，一手操作軌跡板，小心翼翼地查看這惡魔之腸的地圖，生怕走錯了路，撞上蟻虎群。

當他在負責破解袁唯包圍網時，曾經攔截過數個網路封包，他曾猜測這或許就是康諾博士一方埋伏在外圍的人員的通聯訊息，但那時他受到嚴密監視，不敢大膽聯絡，而兩天前，當他連上網路時，第一時間便試圖對外聯繫。

他持續破解那些封包，循著封包來源，一路侵入了那些封包的電腦主機裡，和那電腦主人直接對話——

電腦主人是張經理。

張經理在受到寧靜基地庇護之後，一直隱匿不出，直到康諾博士做出了獻身誘敵的決定，才隨著康諾的人員展開誘敵計畫，這期間裡，張經理負責調集人馬、尋找新援，他想起了華江賓館那些夥伴們，知道壽爺接替酒老頭，頂下一間餐廳，負責照料那些無家可歸的新物種。

張經理找著了壽爺那間餐廳，這才與甫逃出奈落，一路逃回餐廳的酒老頭相逢。

當時酒老頭等逼迫著擄來的研究員吳高替他們取下了頸上的控制器，正養著傷，從張經理口中得知了康諾的計畫，便決定幹這最後一票。

就這樣，康諾一方的人馬持續監視著聖泉勢力消長變化，發現了聖泉內鬥，輾轉得知康諾落到了第五研究部，便暗中調度人員，在第五研究本部外圍潛伏。

隨著袁唯幾次正面攻擊，康諾一方的人馬漸漸按捺不住，好幾次準備強攻第五研究本部，打算搶回康諾博士再另謀他計，但最終都忍下了，直到狄念祖聯繫上張經理，這才得到了第五研究部裡的第一手情報。

狄念祖除了提供情報之外，也規劃了一套救援方案，打算趁著袁唯發動總攻擊的混亂當下，協助康諾人馬自幾處廢棄的蟻虎巢穴潛入，一口氣將所有夥伴一次救出。

「第一步成功了，接下來要進行第二步。」狄念祖在甬道一處轉折前停下，再三確認筆記型電腦上的地圖，且從小次郎的回報中，得知威坎等除了大和體型無法進入惡魔之腸外，其餘追兵全入地底，遠遠追來，且還不時對吉米喊話。

「老兄，這第二步，你是關鍵。」狄念祖拍了拍吉米的肩，嚇得吉米哆嗦幾下，又滲了些尿。

「拿出你的手機，叫大堂哥回家。」狄念祖嘻嘻笑著對吉米說。

「什麼！」吉米連連搖頭，說：「這……這不可能呀，他們正在作戰，我……我哪叫得動大堂哥……何況這地底收不到訊號。」

「收得到訊號。」狄念祖展示了他的筆電，上頭清楚顯示著作戰會議室裡的監視器畫面，大堂哥正一臉嚴肅地望著巨型螢幕牆。「你不要小看這惡魔之腸，裡頭有密集的無線網路基地台，斐霏早已打定主意，如果打不贏袁唯，就要走這惡魔之腸撤退，第五研究部在國外還佔有優勢，只要他們能夠帶著現有的研究成果逃出去，還大有可爲。」

「但是我……」吉米抹著汗，戰戰兢兢地掏出手機，仍一臉猶豫著不敢撥號。

「到我要你打電話爲止，還有一段時間，你好好冷靜，想想哄騙大堂哥的說詞。」狄念祖毫不理會吉米的恐懼，他一字一句地說：「你可以選擇完成我的命令，」狄念祖說到這裡，指了指鬼蜥和百佳。「或是選擇跟他們敘敘舊。」

「我知道了……」吉米連連嚥著口水。

「各位……」狄念祖看著筆記型電腦上的地圖，低聲向眾人說：「在我們進行計畫第二步之前，得經過一段路，我們可以把這段路當成第一步的最後關卡。」

「什麼路？」豪強和小次郎齊問。

「我們一面走，我一面解釋。」狄念祖在筆記型電腦上按了按。

一旁甬道的密閉門板緩緩打開。

裡頭堆著密密麻麻的蟻虎。

成千上萬的蟻虎，靜靜地伏在地上，動也不動，像是睡著了一般。

「就是這條路。」狄念祖指著對面的門板，約莫有四十公尺遠。「這是條捷徑，那裡有個出口，離斐家寓所相當近。」

「別擔心，大螞蟻全睡著了。」狄念祖笑嘻嘻地說：「我下來時，就啓動了這條路上的睡眠氣體開關，這些大螞蟻至少會睡上十分鐘，以各位的身手，十分鐘足夠走到對面去了。」

「等……等等……」吉米此時儘管害怕狄念祖的權威，但他仍然硬著頭皮建言：「狄……狄老大呀……這種氣體我知道，在奈落時我研究過這玩意兒，它並不能讓蟻虎眞正睡著，只要一有點風吹草動，牠們會醒來的……」

「我也知道。」狄念祖說：「我研究過惡魔之腸的機密資料，但沒辦法，現在只有這條路可以走，啊呀，你看。」狄念祖說到這裡，向後一指。

威坎等已領著大隊人馬，追了上來，威坎等自然也知道這惡魔之腸的大名，二來吉米落在狄念祖手上，因此一路上威坎也不敢全力相逼，只能亦步亦趨地跟在狄念祖等人後頭。

「狄大哥，你這方法好嗎！」小次郎見前方通道裡那密密麻麻的蟻虎，不禁有些膽怯。「如果威坎他們等我們走進那長道裡，刻意從外頭引起騷動，喊醒這些蟻虎，我們豈不完蛋啦？」

「不，他們沒空玩那種小把戲。」狄念祖這麼說。

「沒空？為什麼？」豪強也問。

「嗯，因為……」狄念祖按了筆記型電腦上幾個鍵，跟著將電腦闔上，交給糨糊，跟著扭扭頭、甩甩手，望向後頭的威坎，說：「他們會比我們更忙。」

轟隆——

轟隆——

幾處甬道發出了石壁推動聲，威坎那方甬道開始變化，好幾處蟻穴門板打開。

大量的蟻虎爬竄出來——

威坎那方登時爆出劇烈騷動。

「衝吧——」狄念祖吆喝一聲，一馬當先踩進了前方沉睡中的蟻虎堆裡。

這一路下來，他覺得自己的力氣略微增加了些，抑制急速獸化基因和卡達蝦基因的藥力，漸漸消退當中。

他甩了甩手，肘關節喀喀作響。

《月與火犬9　完》

月與火犬

10

激戰白熱化，奈落古魔大舉進犯，第五研究本部祕密兵器「紫鳳」現身。

狄念祖絕地大反攻計畫的第一步來到了最後關頭，他們必須通過一條四十公尺長的蟻虎巢穴，好展開計畫中的第二步：挾持大堂哥袁正男。

爲了壓制橫行亂來的狄念祖，忍無可忍的斐霏對他下達了誅殺令。

月與火犬 10 紫鳳降臨
即將揭幕——

國家圖書館出版品預行編目資料

月與火犬9 / 星子 著；.—— 初版. ——台北市：
蓋亞文化，2012.10-
冊；公分.——（月與火犬；9）（悅讀館；RE259）

ISBN 978-986-6157-87-5 (平裝)

857.7　　100005358

悅讀館 RE259

月與火犬 9

作者／星子
插畫／Izumi
封面設計／克里斯
出版／蓋亞文化有限公司
地址◎台北市103赤峰街41巷7號1樓
電話◎（02）25585438傳眞◎（02）25585439
網址◎www.gaeabooks.com.tw
電子信箱◎gaea@gaeabooks.com.tw
郵撥帳號◎19769541　戶名：蓋亞文化有限公司
總經銷／聯合發行股分有限公司
地址◎新北市新店區寶橋路二三五巷六弄六號二樓
電話◎（02）29178022　傳眞◎（02）29156275
港澳地區／一代匯集
電話◎（852）27838102　傳眞◎（852）23960050
地址◎九龍旺角塘尾道64號龍駒企業大廈10樓B&D室
初版一刷／2012年10月
定價／新台幣 220 元
Printed in Taiwan

GAEA
ISBN／978-986-6157-87-5

GAEA

GAEA